中公文庫

昭和時代回想

私説昭和史３

関川夏央

溶明する民主主義

どこだかわからないが広い校庭だ。

初夏のある日、さわやかな風は思いのほか強く吹く。日ざしは白く空は青い。たよりないくらい透明な空気のはるか向こうに、校舎の影がゆらゆらと揺れている。

私は母といっしょに校庭の隅、プラタナスの根方の草の上にすわって待っている。遠く揺れる空気のなかから浮かび出すように歩いてくるのは父である。足早でさっそうとしている。その姿はずんずん大きくなる。笑った口からのぞく歯とシャツは、白い光よりさらに白い。

幼い頃の記憶、昭和でいえば二〇年代末の記憶は断片的だ。千切れたニューズリールのように前後の脈絡がないうえに、部分彩色である。いまや残り少なくなったそのうちのひとつは以上のようだ。

父は若い頃好男子だった。このときは三十をいくつも過ぎていなかったと思う。私はいま、この記憶のフィルムをあたかも他人の持ちもののように点検し直して、かりに題名をつけるなら「民主主義」だなあ、とつぶやくのである。

父は母と結婚すると古い小さな家を買った。それを少し離れた自分の小さな土地に、コロを何本も差し込んで引いてきた。おかげで家はさらに古びた。納屋同然の家で台所もなかったから父が自分で台所を建て増した。裏手にゴミを埋めるための穴を深々と掘り、行水用のかこいをつくった。月に一枚ずつ畳を買った。私はその四枚めか五枚めで生まれた。

やがて父は片々たる前庭に板塀をめぐらせた。廃材をもらってつくったものだからとても不揃いで、お世辞にもきれいとはいいかねた。しかし、なにかをつくるときの、またはつくろうとあくせくするときの父は、いつもはつらつとしていた。頭に巻いた手拭いで汗を拭い、母と私をできあがった庭塀の前に立たせて借りもののライカで記念写真を撮った。

昭和三十四年、皇太子御成婚のあとでテレビを買った。それが怒濤のようなわが家の電化時代のはしりになった。なにかをつくる時代が去ってなにかを買う時代に移ったとき、すなわち父の時代が母の時代にとってかわられたとき、私の脳裡に父の映像が感光することも、もはやまれになった。

昭和三十七年の春、中学校の入学式には父といっしょに行った。二台の自転車を連ねて早咲きの桜の下を走った。

この頃すでに私には家と家族とをうとんじる気分があり、まだ模糊とはしていたものの、ひとりになれる機会と方策とを父の背中を見ながら内心ひそかにうかがっていた。そしてこれが父の登場する最後のニューズリールになった。

若い父の記憶は蚊帳の濃厚なにおいとともにある。そしてそれら、遠田の蛙の声が天に聞こえた時代、厚紙の鉄道切符がいとおしかった時代、月刊「世界」がいつも父の机の上にあった時代は、夏の白い陽光のなかに溶明して手の届かない彼方へと去り、手づくりすべきなにものも持たない私は、父にさえなりかねて茫然とたたずむのみなのである。

昭和時代回想　目次

溶明する民主主義　3

I　いわゆる青春について　15
イヌのフンは、やっぱりイヌのフンにすぎない／学校とはイヤなところだ／「みなし中年」／映画はとどまり私は去る／番長だった彼／自分の適性が自分にはわからない／不運な彼女／早熟とはいやなものである／ここ以外ならどこでも／「役」からの逸脱／時代の刻印／「戦後」の子／落花流水

II　暑さに疲れた夕方　61
日本海の晩夏　62
蒸気機関車が消えた　68
評伝もまた小説たらざるを得ない　71
こそこそごはん　75
新潟平野は真夏　78
洋書売り場の賢い犬　81
『幸福』の「意味」　85
四谷見附橋　88

無責任男──こつこつやるやつァご苦労さん 91
趣味と教訓 95
暑さに疲れた夕方 100

III 「老い」という大陸 105

ああ、卒業旅行 106
人の世、至るところに「団塊」あり 123
途上国の顔、先進国の顔 135
明日できることは今日するな 139
たまには機械になりたい 143
天保以来の 147
大学の先生 151
水音に埋もれる温泉場 155
ホームレスの老作家 159
中年シングルの「忘却力」 163
「老い」という大陸 168
二十一世紀になったって考えることは同じ 174

Ⅳ 「停滞」へのあこがれ

「停滞」へのあこがれ 177
乱歩が最も愛した場所 178
「停滞」へのあこがれ 185
小説家の部屋 190
ひさしぶりに「風立ちぬ」 195
戦前育ちの女性たち 199
戦争文学としての久生十蘭の二短篇 208
山田風太郎日記を読む 213
『何でも見てやろう』から三十年 218
人よりも空、語よりも黙 224
画家・田畑あきら子が残した言葉 228
哀しむ目にとって風景とはなにか——荒木経惟の写真 234
人の死の記録 241
サナトリウムの記憶 246
市ヶ谷台の桜 253

あとがき 259

集英社文庫版解説　斎藤美奈子　265
巻末エッセイ　関川夏央　273

昭和時代回想

私説昭和史3

Ⅰ　いわゆる青春について

イヌのフンは、やっぱりイヌのフンにすぎない

「青春」について書けといわれた。

書きます、といってからあらためて考えると、実は書くべきことがない。書くに値することがない。誇るとか、いとおしむとか、ほのぼの思い出すとか、そういったものがなにも拾い出せない。ただ恥ずかしくて、いまでも顔が赤らむようなことばかりである。

だいたい私は「個人的体験」に意味を感じていない。むしろ軽んじている。軽んじようとつとめている。

「青春」の「個人的体験」など、早朝の路傍にころがっているイヌのフンのようなものではないかと思っている。なかには「懐しい」のも「真情あふれる」ように見えるのもあるだろう。しかし、どれほど懐しかろうと、真情あふれていようと、イヌのフンはやはりイヌのフンにすぎない。そして、ひとはおとなになるために、やむを得ず無数のイヌのフンを置き去らなければならないのである。

ゆえに私はいわゆる青春時代について書いたことがない。

いいや、ほんとをいうと、まれには書いた。身のほども知らずに、そんな年頃と時代を表現してみたいという誘惑にあらがいかねたこともあった。しかし、そういうときはせめてできるだけ嘘にまぶすようにした。それは私が生来の嘘つきであるからではなく、逆に実情に近いところを描きたいと念じた結果である。

世のなかに青春という言葉は流通していても、それはたんに未熟な試行錯誤の時間の総称にすぎない。たとえば濡れ紙に落とした一滴の墨汁のにじみのようなものである。そこには輪郭がない。彩色もかたちもない。虚構のふちどりと補助線とをほどこさなければ、とうてい他人に語るに足りないはずだと思えたのである。

私は一九六五（昭和四十）年に新潟の県立高校の一年生になった。

戦争が終って二十年たっている。アメリカからはじめて直接送られてきたテレビ映像はジョン・F・ケネディが射殺されたときのものだが、そのときから一年半たっている。前年の東京オリンピックの国家的高揚の反動で、景気の谷間であるにしろ、一九六五年は、高度経済成長時代のさなかに違いなかった。

私は「世代論」には興味がない。しかし、そういう時期におとなになる準備をはじめ、一九七五（昭和五十）年頃、つまり第一次オイルショックによっていわゆる低成長に転じた直後までに、あるいは「戦後」が果てたと思われた頃までに、精神を形成してしまった世代という刻印は消えないだろうと思っている。これもまあ恥ずかしいことなのだが、自分ではいかんともしがたい。

では、それはどんな時代かというと、文学や映画や新劇が、まだきわどく命脈を保っていた時代である。報われないと薄々知りながら、青年たちがそれらに、その年代特有の求道的な気分、いいかえればロマンチックな気分や、その過剰な表出であるところの無頼や放浪への憧れを託し得た最後の時代である。

日ごとの奔流のように物質的豊かさと利便さを増しつづける環境にあって、自分の精神はとてもそれに見合わぬ貧しさにとどまっていると感じた青年たちが、焼けた鉄板上で足踏みするように、いたずらに焦慮していた時代である。産業化は公害を呼びこみ、いつか公害で日本は滅びる、そうでなければ天罰が当たって日本は沈没するといった終末論がうつろなにぎやかさで流行した時代である。

高校に入った私が抱いた感想は、ひと口にいって「うんざり」だった。教師はばかなことしかいわないし、クラスメートはひたすら田舎臭い。柔道部の部室とトイレはにおうし、女の子はブスばかりだ。もっとも、自分のことを棚にあげるのも青年や青春特有の現象である。

あまりに学校がいやで、ついにひどいジンマシンが出た。私は自分のタイムテーブルをつくり、進級にさしつかえない限度いっぱいに欠席して精神と肉体の健康を守ることにした。その頃そんな言葉はなかったが、思えば私は登校拒否のはしりのひとりだった。

学校とはイヤなところだ

私は一九六五（昭和四十）年の春から六八年の春まで、つまり高校の三年間、ジンマシンの発作に苦しんだ。

症状は少し変わっていた。温熱性というやつで、運動したり風呂へ入ったり、日光にあたって体があたたまったりすると出る。気にしている女の子と偶然目があっても出る。私が暮らしていた地方では遅い春が急激にやってくる。温度差が激しいせいか、春先、雪融けから桜の散る頃までの季節がことのほかひどかった。

たとえば天気のいい日に自転車で学校に行く。道のりの半分くらいのところ、血がめぐりはじめるというか、ちょうど発汗する直前あたりで体がちりちりとしはじめる。それが前兆である。

痒《かゆ》いというより痛いのである。立ち停まって上着をめくりあげてみると、二の腕の裏側いっぱいに浮腫が出ている。掻きむしればますますひどくなるし、せいぜいつねりあげて痛みを転化させるしか、てはない。

　当時の私はいまよりずっと色白だったから、脈々と並んだ浮腫はさらに痛ましくも不吉に見えた。体内にひそんでいた悪い水や脂が、すべてそこに集まっていると感じられた。やがて発作は上半身全体に広がり、その痒みと痛みは、決して大げさではなく、存在していること自体がつらくなるほどである。

　私はそんなとき壁を探した。

　校舎のでもいい。見知らぬ建物のでもいい。人目につかないところで、学生服はむろんシャツまで脱ぎ捨て、背中を冷えたコンクリートに押しつけるのである。そうやって体の熱を逃がし、発作が過ぎるのを待つのである。

　抗ヒスタミン系の塗り薬が効くと百科事典に出ていたから、買った。ビタミンCの錠剤がいいと聞けば、それも買った。映画と本とに使われていた月の小遣いはすべて薬に投じたのに、その場しのぎの改善さえみとめられなかった。

　ある日、ついにたまりかねて病院へ駆けこんだ。カルシウムの注射をすると、まるで手品のように治まり、私はうっとりした。しかし、根治の方法はないのかと尋ねても、明治人みたいに立派な髭を立てた医者は、黙って首を振るばかりだった。

その頃にも学校嫌いはいた。しかし、「登校拒否」という言葉はなかった。名前のない病気は存在しないも同然だから、本人もそれとは気づかないのである。そして気づかぬうちに回復するのである。十八歳になり、上京して無意味に多忙な生活を送っているうち、ふとジンマシンが出ないことをいぶかしんだが、それだけだった。あれだけの苦しみもたやすく忘れてしまう。「青春」とは薄情さの謂《いい》でもある。

中学校は牧歌的な記憶が残っている。小さな私立の学校で居心地がよかった。高校に入ると突然規則づくめになった。むやみにいばる教師がいる。政治的な、あるいは人生論的な意見めいたことをいう教師がいる。右だろうが左だろうが、「しみじみ」派だろうが、おとなの気どりが透けて見えるようで、とてもいやだった。一般に、貧弱な知識と鋭い勘をともに持つのが高校生という年頃である。

一九六〇年代後半とは、長く日本社会の主題でありつづけた「貧困」が駆逐され、かわりに登校拒否をはじめ、家庭内暴力、拒食・過食など、自意識のもてあましとその結果である関係障害の大流行がひそかに準備されていた時代であった。いずれも、いたって「戦後」後的な病理だといえた。

おなじ学校の四年先輩に櫻井よしこさんがいて、彼女は高校にいやな思い出を持たない。

同窓会にも出席されるという。しかし、三年先輩で詩集『妖雪譜』の作者、先年四十一歳で物故した山口哲夫の作品には、高校への違和がほの見える。このあたりが時代の潮目なのだろう。

自分が好んでそうなったわけではないが、やはり私は戦後と、それにつづく「戦後」以後、その過渡期に青年期を送ったようだ。過渡期なんて、名前はかっこよくても、当人はしごく迷惑、かつとても不愉快な記憶を呼び起こすのみである。

「みなし中年」

四十歳をすぎてから、ときどき泡のような考えが浮かぶ。それは、父がいまの私とおなじ年頃だったとき父はなにを考えていたのか、あるいは、その頃の私は父にとって何者だったか、などということである。

十五歳か十六歳か、いずれにしろ自分は高校生だった。父は四十二、三歳、つまり現在の私よりも若かった。

ある日曜日に私は父と争った。理由は忘れたが、玄関先の掃除をしないのは不届きだとか、いずれにしろささいなことである。父が叱り、私が口ごたえした。激昂した父が私の襟首をとった。私を投げ飛ばそうとしたのである。私は巧みに避け、不毛なもみあいが十数秒かつづいたあと、いらだった父の腰が不用意に伸びた。私は自分の右腰をそこにすべりこませ、あてがった。

もののはずみとは恐しいものである。つぎの瞬間、父の体は一回転して障子戸を破り倒した。掛けた本人が茫然とするほどあざやかな払い腰だった。

私はしばし立ちすくんだ。父も、一度とめに入ったあとはあきらめてただわめいていた母も、いまはなにか人智のおよばない現象に出会ったような表情のまま、畳の上にすわりこんでいた。

父は若いとき柔道の選手だった。海軍予備学生で、爆弾をつけたベニヤ板の小舟で出撃するはずだったが、その直前に敗戦となった。

復員し、母と結婚した。地方都市の郊外に小さな土地だけを実家から貰った。近所の古い家を買って、家そのものをコロに載せ、そこまで引っ張ってきた。台所の板の間は父が自分でつくった。

一九四九（昭和二十四）年にはそこに住んでもう二年あまりになるというのに、八畳の居間に畳は四枚しかなかった。私は、父が給料日ごとに買い足したその畳の上で生まれたのである。

一九五〇年代前半、昭和でいえば二〇年代、私はおおむね幸福だった。白い光とさわやかな微風、色彩は淡くとも忘れがたい記憶がある。貧乏だったが、どこの家だってみな似たようなものだったから、苦痛も不満も感じなかった。

五〇年代後半というと、私はすでに小学校という社会で世間のむずかしさを身をもって味わっていたが、家はまだ平和だった。子供のくせに、父が好きな社会党が好きだった。労働者という言葉になにやら聖なる響きを聞きとり、日本は永世中立国になるべきだなどと考えた。

しかし、現実にはすでにこの時期、父の脆弱な理想主義は、母のたくましい現実主義に日々敗北しつづけていたのである。国体に出場した父は、一回戦で負けたついでに肩の骨を折り、母から柔道をとめられた。組合の役員もやめさせられた。それは、かつてはたしかにさわやかな美男といえた父の顔が中年の疲れにゆるみ、急速に毛髪が後退しはじめたちょうどその頃のことである。

中学生の私はすでに父を批判的に眺めざるを得なかった。彼がつくった短歌を盗み見て、この人には才能がないのだと直観した。しかしそれは、抜け落ちやすい毛髪とともに、父の遺伝子をうけついだ自分にすぐはね返ってくるのである。鋭い痛覚をともなった直観であった。

そしてついにある日、私は柔道五段の父を、偶然とはいえみごとな技で投げ飛ばしてしまった。そのときに私を襲った感情は断じて勝利感でも得意でもなかった。むしろ烈しい後悔であり、沁みとおるような悲哀であった。

癇症の現実主義者として戦後を生きた母は、一九八五（昭和六十）年に死んだ。六十三歳だった。七年も鬱病の床に臥せった末のことである。父は九五年、北陸の遅い桜が散る頃、体重のなかばを失うまで病み衰えて死んだ。私は四十五歳にしてみなし子ならぬ「みなし中年」になった。

思えば私の「青春」は父を投げ飛ばしたあの日にはじまったのである。そこにはなんの輝かしさも快さもなかった。ただ、人は誰でも親より意味なく強くなり、そのうえで、いわゆる「青春」を通過しなければオトナになれないのだという、ありふれた、しかるに厳然たる道理だけを実感させる苦いなにものかだけがあった。

映画はとどまり私は去る

「あの頃は左利きの拳銃がいちばん美しかった」

というセリフを宍戸錠にいわせたのは矢作俊彦である。彼がわざわざつくった日活映画讃歌の映画のなかでのことだ。

「やつにはやつのやりかたがあった。俺には俺のやりかたがあった。そのやりかたをつづけると不良だといわれた。いわれたことが自慢だった。だからみんな、不良だった」

人柄をしのばせる稚気がにじんでいて微笑を禁じ得ないが、彼とおなじように日活アクション映画に愛着したことのある身としては、その意はすんなり通じる。

「あの頃」とは一九五〇年代末から六〇年代前半、だいたい東京オリンピックまでのことで、もっとも記憶に残る「左利きの拳銃」は、『赤い波止場』における石原裕次郎のそれだ。

『赤い波止場』は、フランス映画『望郷』の翻案、というより「いただき」だった。しかし本家よりずっとさらっとした肌ざわりで、夜の神戸の坂道を歩く石原裕次郎は、カスバにおけるジャン・ギャバンよりも私には魅力的だった。なにより彼があざやかに「左利きの拳銃」をあやつること、つまりアルティザンの不良、あるいは不良のアルティザンであることに気をひかれた。神戸はいいなあ、とも思った。

だが六〇年代後半の私は、当時の高校生がたいていそうだったように、早くオトナになりたくて日活映画よりも欧米の小説を好むようになっていた。レイモン・ラディゲはご多分に漏れないが、ルイ・フェルディナン・セリーヌやヘンリー・ミラーを読んだ。そして不思議なことに、彼らの言葉は、翻訳ではあったけれど、十六、七の高校生の心にもよく沁みとおったのである。

当時の私は「ここ以外ならどこでもいい」という気分で毎日を過ごしていた。学校は暗くてばかばかしい場所だった。家はうっとうしい束縛だった。そして、その年頃の常として、自分がとても嫌いだった。

クラスに勉強はできるが、ヘルマン・ヘッセを好む男がいて、彼にすすめられてヘッセを読むうち、「放浪の暮らし」に憧れた。

すでにモダニストに転じていた私は、裕次郎が左脚をひきずり、ハンカチで顔を隠して歩いた神戸や横浜より、ヨーロッパの街路をイメージするようになった。いや実は、神戸も横浜も、地方青年にとっては欧州に準じた異国の街だったのである。そして当時の日活映画は、日本人がイメージした西欧的個人主義を信奉する不良たちの躍動する場所だったのである。

ともかく私としては、旅に出ればロバだってウマになって帰れるという気分だった。しかしヨーロッパはあまりにも遠いから、せめて紺のジャンパーなどを着て、学校を休んでは「日帰りの放浪」に出掛けたのだった。

映画も洋画好みに傾いた。もっとも刺激を受けたのは、ジャン・リュック・ゴダールの作品群、わけても『気狂いピエロ』だった。

「実存的理由」で、つまりどうでもいいような理由で殺人を犯したジャン・ポール・ベルモンドと、その恋人のアンナ・カリーナが「ピエ・ニクレ」というマンガ本一冊を抱えて、「鏡のように幻のように」フランスを横断して逃げまわり、最後に、「俺は水平線上に浮かぶ、でっかいクエスチョンマークだ」とベルモンドはいい、自殺してしまうという話である。

高校生の私はこの映画とこのセリフに大いに感心し、以後しばらくはゴダールを崇拝しつづけた。

先日、偶然『気狂いピエロ』を見直す機会があった。ゴダールのテクニックのたしかさを再認識しながらも、その「文芸臭」には辟易し、そのあられもない若さの印象には赤面を禁じ得なかった。辟易も、赤面も、それからある種のいたましさの思いも、当時猖獗《しょうけつ》した自己嫌悪の空気にからめとられたゴダールと自分とに、等量ずつ向けられていたのである。

番長だった彼

むかし、番長というものがいた。

高校生になったばかりの頃、放課後のしんとした廊下で、入学して間もない私に声をかけてきたのは、おなじ中学からきた二年先輩だった。

「おまえな、商業や工業の連中にバンかけられたら、俺んとこへいってこいよ」

と彼はいった。

不良っぽい態度をとおしていたが、頭のいい男だった。そして私は、その小柄な彼の、なんというか、ひりりと辛そうな表情が好きだった。

いかにも旧制中学らしいたたずまいの、空襲で焼け残った陰気くさい校舎とその伝統をやたら自慢したがる高校だったが、所詮は進学校でスポーツも喧嘩も弱かった。

「はい、その節はよろしく」

と答えたものの、私は誰とも喧嘩する気などなかった。もともと私は、腕力も気も弱い、情けない子だった。

しかし学校はつまらないし、頼んだわけでもないのに日ごと体と頭は成長する。そのうちそういう自分をもてあます。理由のさだかでない不満はつのる。要するに生意気ざかりだったのである。

近代的生意気の典型は石川啄木だろう。ひそかに「自分は天才である」と考えていた彼は盛岡中学時代、「趣味は深夜の散歩、職業は夢想家」とうそぶいた。

「天才信仰」「深夜の散歩」「夢想」、いずれも明治三〇年代から大正初年にかけて、あまりにも急激な西欧文明の流入、およびそれがもたらした「近代的自意識」と格闘しなければならなかった知識青年に流行したものである。

しかるに「近代化」の波は、第二次大戦後も別のかたちですさまじかったから、さしたる意味はないのにいたずらにせっぱつまった「自意識の悩み」を、戦後青年たる私も残念ながら味わわざるを得なかった。が啄木とは時代が違ったので、「天才信仰」はラディゲやランボーや三島由紀夫に託し、「深夜の散歩」のかわりに喫茶店に入りびたり、「夢想」は濫読になりかわった。

ある晩、いつものように喫茶店で小説を読み、読みつつ一服した。ついでにジンフィズを五杯飲んだ。

父親ゆずりの飲めない体質なのに、またよりにもよってあんな甘ったるい酒を、と思い出すだけで口のなかがねばつくようだ。とにかく、ガソリンスタンドでアルバイトした金の半分を使ってひどく気分を悪くした私は、寝静まった商店街をよろけながら歩き、歩きながら吐いて、やっとの思いで家に帰った。背伸びとはつらいものである。

やがて学校で大量処分があった。恒例行事である。生意気な生徒はときにこらしめなくてはならない。私も、みっともなく酩酊した姿を同級の誰かに見られて告げ口されていたし、担任の進歩的な日本史教師はなにかにつけ反抗的な私がとても嫌いだったから話は早かった。私は停学になった。

父親はなにもいわなかった。母もたいして文句をいわなかった。今後はタバコライオンで歯を磨くようにといった。

私は古典的な不良や番長の弁護をするつもりはない。それはどんな時代にもありがち、というか、必ず生まれるものにすぎない。ただ、現在日本の若い世代を広くむしばんでいる人間関係障害よりはましだったと思う。昔の番長は普通の生徒がいたずらに内向し、溶けるようにだらだらと、不良でもまともでもない得体の知れないなにものかに変質することを許さなかった、つまり、傘下に入るかまともに戻るかどっちかにしろ、と迫ってきたといいたいだけである。

そんな、どこか含羞ある不良たちも一九七〇年代なかばまでに姿を消した。

私がひそかに好きだった番長は、その後たしかＩＣＵ（国際基督教大学）へ進学したが、七〇年すぎに亡くなった。理由はよくわからない。いまの私としては、ごくたまに彼のことを思い出し、その過剰なまでに文芸的な表情に、懐しさといたましさの念をともに覚えつつ、束の間愛惜するばかりである。やはり、去る者は日々にうとい、といわざるを得ない。

自分の適性が自分にはわからない

一九六七（昭和四十二）年に私は十八歳で高校三年生だったが、将来なにかになりたいという希望をまったく持たなかった。その後の人生の展望など、ちらりとでも見通そうとはしなかった。思えば、うかつなことだった。不思議なことでもあった。

父は芸術方面の資質のまったくない人だった。そのくせ、そういうことにひそかに憧れるようだった。しかし、骨がらみの現実主義者で世俗的雄弁を誇る母に恐れをなし、それを口にすることは私が知る限り絶えてなかった。それでも若い頃、つまり昭和でいえば二〇年代だが、白い日傘を買って喜ぶ妻の姿を短歌につくったりしていたのである。父も母も二十歳代の終りだった。その短歌を物置き部屋に打ち棄てられた卓上日めくりのページに発見した中学生の私は、ヘタだなあ、と思った。そしてつぎの瞬間、自分にもその血が流れているわけだから、と思いあたり、大いにくさった。

幼い頃、「外交官なんかいいよ」と母がいったことがある。「外交官になればアメリカだって行けるんだから」

アメリカには多少気をひかれたものの、私自身は貨物列車の車掌になりたかった。すでに記憶の焦点も甘い一九五〇年代、よく線路端や操車場まで汽車を見に行った。貨物列車の最後尾、車掌車の小窓でかすかに動く人影に私は憧れた。車輪の響きと汽笛を聞きながらひとり働き、夜をつらぬいて、遠い、遠いところへ旅をするのである。

しかしそれは、いつか家を出たいという願いの迂遠な反映だったかも知れない。あるいは、将来いやでも出て行かざるを得ないという現実の、その無意識の受容訓練だったかも知れない。

思春期になると、私は芸事見物をこのんだ。テレビのドラマ、お笑いやバラエティショーに常ならない愛着を示して、コドモのくせに演出や芸のアイディアを批評していた。むろん、それがなにかのためになるとは考えなかった。ごはんよりそういうことが好きなのは自分でも度がすぎると不安になりつつも、どうにもやめられなかった。

しかし、書き手になりたいなどとはつゆ思わなかった。そんなものは虚業にすぎないと断じていた母の影響と、読書家というより、たんなる愛書家だった父への反感、それから例の遺伝へのあきらめのせいかと思う。

結果として書き手として生活することになったが、それは二十歳代の終りに至るまであっちへぶつかりこっちでしくじり、要するに「いろいろあって」、あまたの「可能性」というやつをひとつずつ消していった末に、これしか残らなかったということだ。たまたまそこにいくらかの適性があったとすれば、まさに僥倖《ぎょうこう》である。

現代日本では、十八歳で大学を選ぶとき、おおまかな人生の模様が決まってしまうようだが、十八歳で自分の才能を知ることなど、どだい無理だ。たしかに資質や人格は、その年頃ですでにあらわになっている。しかしそれは他人の眼に見えて、自分には見えないのである。残酷なことだが、真実だ。

たとえば同級生で何人も医者になったのがいるが、あいつが、と首をかしげる例が少なくない。臨床医には、人の役に立ちたいという、いわばやむにやまれぬ欲求と、患者を安んじる言語的説得力が欠かせないのに、それを備えた人は半分以下だろう。

ただ成績順に医学部を選んだか、勉強はできるが頭の悪い高校生が志望したせいである。官僚も弁護士も、それから大学の先生も事情は似ていて、平生しばしば奇怪な人物に出くわして驚く。しかし、いまのシステムでは無理からぬと納得もする。平和がつづくうちはこれで大過なかろう。

大学など二十二歳からでよい。いや、大人でないと勉強の意味がわからない。適性も知れていない。

十八歳からの数年間は、なんであれ仕事をしてみたらいい。フリーターでも海外協力隊でもPKOでも、世間のなかで自分を相対化するというか。他人の眼になりかわった自分の内部をよくよくのぞきこむというか。そのあとで、まだ大学へ行きたければ行ったらよかろう。

そうこうして、愚かな専門家や壊れた有資格者の数はだいぶ少なくなる。同時に、不幸な本人たちと、彼らが周囲にふりまく不幸はともに減じて、世のなかもいくらか住みよくなるだろう。

不運な彼女

一九六三（昭和三十八）年、顔面から脳に食い入ろうとする軟骨肉腫に苦しむ大島みち子は、近づく死の足音を病床に聞きながら、「病院の外に、健康な日を三日ください」とその日記にしるした。彼女は同志社の学生だった。

一日め、「故郷」に飛んで帰りたい、と彼女はいった。兵庫県の山間の静かな町には、家族とすごした懐しくも得がたい日常があった。

二日めは、恋人のもとに行き、世話をしてやりたい、といった。恋人とは、一九六四年にベストセラーとなった書簡集の相手、『愛と死をみつめて』の共著者の学生である。

三日め、最後の日はこう書かれた。

「私は一人ぼっちで思い出と遊びます。そして静かに一日が過ぎたら、三日間の健康ありがとうといって永遠の眠りにつくでしょう」

かなうはずもない望みを抱いて、彼女は一九六三年八月に亡くなった。二十一歳六ヵ月だった。

一九六九（昭和四十四）年六月、当時立命館の三回生だった高野悦子は、のちに『二十歳の原点』という題名で刊行される日記の末尾に、やはり最後の三日間の希望をしたためた。

「一日目」、「私の醜さと美しさ、あらゆるものをアルコールで溶かし去り、ただあなたの安らかな寝息のそばで眠る」。

ここでの「あなた」とは特定の誰かではなく、心を許したい異性という意味なのだろう。しかし「醜さ」だけではなく、自分の「美しさ」さえ「溶かし去り」たいとは意外である。

二日目は、喫茶店で音楽を聞きたい、と彼女は書いた。「あなた」の好きなクラシックと、「私の好きなジャズを」、「煙草のかぼそい、むなしい煙のゆらめきを眺めながら」。そしてその夜は「あなたと安宿におちつ」き、「静かに狂おしく、あなたの突起物から流れ出るどろどろの粘液を、私のあらゆる部分になすりつけよう」。

三日目の朝はこのようである。「私は、原始の森にある湖をさがしに出かけよう。そこに小舟をうかべて静かに眠るため」。

一九六九年六月二十二日の午前中に日記のこのくだりを書いてからほぼ四十時間後、高野悦子は六月二十四日の未明に鉄道自殺した。二十歳六ヵ月の生涯だった。

高野悦子は、大島みち子と違い、いまわの際に「ふるさと」や日常の記憶に救いをもとめなかった。

彼女は、他者と自分との関係、社会と自分との関係をつきつめようとしたが、考えれば考えるほどそれらはとらえどころがなかった。そして、未熟な政治的議論にもデモにも、それから学生という、労働者でもコドモでもないあいまいな身分であることにも疲れた。

自由な恋愛、自由な性が自由な人間を保障すると煽情した時代の思潮に、彼女も忠実に従おうとした。しかし、性への憧憬と嫌悪、衝動への誘惑と自罰への傾きがいりまじった若いこころの内部は、いたずらに空洞を増すばかりだった。

おなじ京都の女子学生、ともに上品に整った顔立ちの若い女性、そしていずれもベストセラーとなった本なのに、わずか六年の時日をへだてただけでこれだけ違う。難病であるとないとの差だけでは、とうてい説明しきれない。

日記をつぶさに読めばわかるが、高野悦子は素直さ、明るさ、真面目さを併せ持った人である。いい職業人、いい奥さん、いい母親になれた人である。ただ野太さという資質、またはなにごとにつけ四捨五入ですませられる生活者の融通のみが欠けた彼女を、意味なく悩ませ焦慮させ、ついに死を選ばせたものは、六〇年代後半という時代の空気に底流した軽薄な悪意である。かん高い「連帯」のかけ声こそ誠実と純粋を信じた若い女性にいたむべき孤絶をよびこみ、「性の解放」はどこにも達し得ない新たな迷路を出現させただけだったのである。そして、そういう毒あって実のない幻想は、大島みち子の死んだ一九六三年から高野悦子が生をあきらめた一九六九年の間に出現し、日本社会とそこに住む青年たちを酔わしめた。

一九六九年に二十歳だったことは、誰にとっても不幸な偶然にすぎない。ひそかに忸怩《じくじ》たることはあっても、自慢げに口にすることなど常識人としてとてもできない所業なのである。

早熟とはいやなものである

十代の終りから二十代はじめにかけての年頃で、早死にする自分を想像するのは格別かわったことではない。

一九六〇年代の青少年に、その文学によってよりも、むしろその「整った異相」と「自信あふれる奇矯な行動」で影響を与えた三島由紀夫もまた、自分の夭折を信じていた。

若年の三島が愛したラディゲは二十歳で死んだ。一葉と啄木ははたちなかばで死んだ。モーツァルト、モディリアニ、ゴッホ、それから二十代前半で詩作をなげうちアフリカへ赴いて商人となったランボー、妻を誘惑した男との決闘に倒れたプーシュキン、みな三十代で死んだ。

青年が生きるうえで、文学が、もしくは文学的ななにものかがまだいくらか力を持っていた六〇年代までに人格形成したものたちは、当時、まるで冗談のようだが、「早死に」を「義務」か「浴すべき恩恵」のように、または「宿命」のようにイメージしていたのだった。しかし、それは一過する風のごとき気分であり、永続する衝動となりがたいのは当然だった。

三島由紀夫は二十五歳で『愛の渇き』を書いた。三十一歳で『鹿鳴館』と『金閣寺』を書いた。いずれも、隙のない整序と、達意にして絢爛たる文飾を融けあわせた恐るべき傑作である。これは早熟な天才のならいだが、あまりに早くきわめた絶頂から、なだらかな坂をくだるかと思われるそれ以後の十五年、本人はひそかに心たのしまなかったかも知れない。

昭和二十年に二十歳だった三島由紀夫はれっきとした戦中派である。生きてもせいぜい二十五まで、というのは戦中青年の体感であり、すこぶる現実味のある見とおしだった。だからこそ彼は紙が払底していた昭和十九年、十九歳の処女作にして遺作たるべき『花ざかりの森』の出版に異常な執念をもって臨んだのだった。三島自身はどういうわけか入営して「即日帰郷」となったが、彼の二、三歳年長の青年と学生は多く戦死した。彼らは二十歳代前半の面影をとどめて死に、三島は「永らえた」。

いまだって並みの中年でしかないが、十代にはやっぱり並みの少年であった私も、死について考えた。いや、並みであったからこそ夭折をいちおう想像してみたのだが、実は戦後生まれは、死がまったく現実的でないから死について考えるのである。

高校生であることにうんざりした、と以前私は書いた。つまり「小さな世間」たる学校で、趣味も育ちも違う不特定多数の人間たちとの接触を経験した結果、まだ柔らかな皮膜しかそなえていない「自意識」が、いずれ本物の世間とこすれあえばたやすくすり減り、末には裂けてしまうだろうと予感して、死ぬなら早いうち、などと思ってみただけのことで、要するに動機は「不安」だった。

しかし、二十歳とはいくらなんでも早すぎる。ラディゲは二十歳でも、ゴッホやプーシュキンは三十代後半だ。なかをとって二十九歳くらいまで負けてもらえないものか、と内心で願ったりもしていたが、現実に人はなかなか死なないものである。俗事に奔走、瑣事に一喜し一憂しているうちに青年期も終ってうかうかと中年に至り、いまや三島由紀夫よりも年長となり果てたのである。

一九六〇年代から七〇年代はじめ、二十歳そこそこで死んだ青年たちの遺稿集が多く出版された。樺美智子、岸上大作、大島みち子、奥浩平、高野悦子などである。病死した大島みち子を除くと、みな政治的行為に参加したことがある。

私はそのどれもを同時代に読みかけた。そしてそのどれにも感動せず、途中でなげだした。最近いくつかをていねいに読み直す機会があり、今度は一転とても興味深く思った。そして、華やかにうつろな、また、熱しているかに見えてその実冷えきった六〇年代という時代そのものによって、死に至るまで精神を疲労させられた青年たちへのいたましさの念を、あらためて深く抱いたのである。

ここ以外ならどこでも

高校生になると、それまでとはうってかわって教師を疑い、ひそかに軽んじるようになった。牧歌の時代は私の成長とともに、また一九六〇年代前半、東京オリンピックまでの向日的な日本の経済成長前期とともに終ったのである。

私は教師たちの言葉の貧弱さと押しつけがましさとにうんざりしていたし、彼らが口にする冗談にはついに笑えなかった。それは、当時の私が生意気であったうえに、思えば奇妙なことだが、青年はいわば、義によって仏頂面をしているものだと信じるところがあったからである。

生意気と仏頂面の私の目に映った英語の教師は無知だった。数学の教師はいたずらに高圧的で、物理はまったく無気力だった。世界史の冷笑癖にも、皇国史観の持ち主なのに朝日新聞の投稿マニアである古文の生きかたにも共感できなかった。

三年生のときの担任はまだ二十代の日本史教師だった。熱血の「とっちゃん坊や」で、よく「おまえらなあ、この瞬間にもだなあ、ベトナムでは罪のない子供たちがだなあ、死んでいるんだぞお」といった。

遅刻とずる休みが多い私に、おせっかいなこの人は毎朝電話をしてきて、明るいかん高い声で、「おーい、起きてるかあ。早く学校へ来いよお」というのだった。私は「しょうがねえなあ」と内心で思い、「いま出るとこです」と答えると、テレビの若者向けモーニングショーみたいな『ヤング720（セブン・トゥー・オー）』を一服しつつぎりぎりまで見て、それから川沿いの道を石原裕次郎の歌など歌いながら自転車で走った。浮き世の決めごとはうっとうしい、というのが実感であった。

私は教室での時間を教師の話など聞かず、もっぱら「内職」の読書に費した。教師からしてみればいやなやつだったと思う。青春とは酷薄かつ無礼なのである。

担任の日本史の時間には中央公論社の『日本の歴史』を読んだ。国語の時間には伊藤整の『日本文壇史』を読んだ。寺山修司ではないが、その口から「明日」という言葉が出るときもっとも恥ずかしかった英語教師の時間には、ペーパーバックのヘミングウェイやハメットを読んだ。それらはいずれもおもしろかったという記憶が残っているが、内職もまた各科目に合わせたのは私がたんに小心だったからである。無礼なくせに小心というねじれも青春の特徴というべきだろう。

思えば当時は出版文化の花盛りだった。最近復刊された『日本文壇史』はたんなる「文壇史」ではなく、実は近代日本人の思想史であり生活史の壮大な記述である。二十六巻もあった『日本の歴史』はいまでも折りにふれて寝床で読んでいるのだが、そのたびに飽きない。時代を溯上しつつ読むと、ことのほか味わい深い。大学の先生にも立派な人はいたのである。

理科方面にまったく適性と興味を欠いた私は、温厚というか、まるでやる気のない物理や化学の教師の時間は、「キネマ旬報」や「映画芸術」を読んでやりすごした。おかげでそれらはみな「赤点」だった。

しかし問題は数学だった。中学一年で落ちこぼれて以来、皆目見当がつかない。ありていにいえば数学的真性無能なのである。なのに教師は陰気に怖かったからこの時間ばかりは往生した。日のかげる、古い木造の冷えきった教室なのに、まさに熱いトタン屋根の上のネコのような心境で耐えつつ、世は不条理、人生は思うに任せないといたく思い知った。

私の当時の希望は、早く高校生を終えることだった。小さな地方都市を捨てて、雪が積もらず冬が乾いているところへ、モダニズムと自由があふれていると思えた東京へさっさと出て行くことだった。

要するに「ここ以外のどこかへ」または「ここ以外ならどこでも」という気分だったわけだが、結局世のなか「どこへ越しても住みにくい」という現実など、シニックなくせに爪先立って足早に歩こうとするばかりの青年に見とおせるわけもないのである。

「役」からの逸脱

「自分は辻に立っていて、度々帽を脱いだ。昔の人にも今の人にも、敬意を表すべき人が大勢あったのである」（『妄想《もうぞう》』）

青年には鷗外のこの言葉がわからない。敬意を表するも表さないも、まずその人の真価をはかるすべを持たない。いたずらに恐れるか、逆にいたずらに虚勢を張るばかりだ。

年を重ねると「昔の人」の仕事と考えなら、いくらか見えるようになる。おお、そうか、偉い人とはたしかにいたのだと思う。しかし「今の人」となるとまだ駄目だ。生きているからこそ目につくその人の癖、相性、果ては体臭口臭などといった俗なものに惑わされて、よく真価をはかれない。

「帽は脱いだが、辻を離れてどの人かの跡に附いて行こうとは思わなかった。多くの師には逢ったが、一人の主には逢わなかったのである」

こちらのくだりには複雑な思いを持つ。

むろん私は鷗外のようには自分を恃《たの》むことはできない。しかし、多くの師をもとめても一人の主はもとめないという気組みなら、青年期はいうにおよばず、中年となったいまも自分にはある。それから逃れられないのだ、ともいえる。

中学一年生で落ちこぼれた私は、真性の数学的無能であった。高校の数学は謎の羅列で、その授業は責め苦にほかならなかった。しかし見栄は人並みにあったから、たとえ文学部ではあっても東大を受けた。落ちたが、数学が零点では当然だからことさらな落胆はなかったが、さてどこの大学へ行こうかと考えたとき、若干迷った。

東大を落ちて早稲田の政経学部というのはあんまり当たり前すぎる気がした。当時はわりあいそれが普通のコースだった。具体的な希望があるわけではないにしろ、いちおう文学部志望者が政治や経済というのは妙だった。しかし文学部志望も便宜的だったのだから、理科でなければどこでも構わないというのも、大学も学生も完全に大衆化している時代の実情であった。

受験雑誌の付録の偏差値表を調べると上智の外国語学部も似たようなものだった。文学系ではいちばん高い数字がしるされていた。当時の私はモダニストだったし、小さな反抗心もあってこちらにしたのだが、青年につきもののこんな小さな反抗心が、おうおうにして人生の色合いを決めてしまうことに気づかなかった。

そして当時の誰もがそうだったように、東京に行けば、また大学に入ればまともな先生がいる、学ぶべき人にめぐりあえるという期待は、たちまち裏切られた。思えばそれは大衆化の時代の特徴で、よくも悪くも「教養」にさしたる価値がもとめられず、学生のみならず教師も大衆化した時代では必然のことであった。しかし、私はうかつにもそのことを忘れていた。

主任教授は、のちに井上ひさしさんがモッキンポットという名前で物語の主人公とした人だった。彼には多少の愛嬌はあったが、教養を感じさせなかった。ロベスピエールみたいな名前の教師がいた。彼は無知なうえに陰湿だった。ネズミに似た名前の若い日本人教師がいた。彼は気弱な岡っ引きのようだった。ほかにも白人日本人とりまぜて何人かいたが、名を忘れた。

そのような彼らが、中学生に対するごとき態度でヨーロッパ語を教えるのだから、青年の自尊心はいたく傷ついた。こんな教師につきあわされる学生は気の毒だと思った。しかるに、なんと自分もそのひとりなのである。多少でも利口な学生には、こういったたぐいの教師がばかに見えてしかたがない。当時の私は自分の無知と不用意をも疑いつつ、おっかなびっくり彼らを軽んじたが、二十年して再考し、やはり無理ない事態と結論せざるを得なかった。彼らは度しがたかった。いまも教えているのなら、教えられる学生はまことに気の毒である。

ヨーロッパとモダニズムに、それから東京の生活にたちまち失望した私は、映画見物や芝居の稽古に熱中して気をまぎらせた。「どこへ越しても住みにくい」と思い知ったはずなのに、それでもあきらめきれず、虚構のなかに別の新しい生活を探して再びあがいたのである。

鷗外は、「日本人は生きるということを知っているだろうか」とも書いた。

「小学校の門を潜《くぐ》ってからというものは、一しょう懸命にこの学校時代を駈け抜けようとする。その先きには生活があると思うのである。学校というものを離れて職業にあり附くと、その職業を為《な》し遂げてしまおうとする。その先きには生活があると思うのである。そしてその先には生活はないのである。

現在は過去と未来との間に劃《かく》した一線である。この線の上に生活がなくては、生活はどこにもないのである」(『青年』)

いまも「その先きに生活がある」という思い、または幻想は、まことに残念ながら日々私とともにある。年齢を重ねてもつまりはおとなになれず、いつまでもいわゆる「青春」をずるずるとひきずっているのである。そしてそれは人として大いに恥ずべきことなのである。

時代の刻印

橋の下を多くの水は流れ、私が二十歳だったのはもう四半世紀以上過去のことになった。何千の日は暮れ、何千の鐘も鳴ったが、この世のなかの、なにがかわったかといわれるとよくわからない。

なにが消えたか。それならいくらか心当たりがある。

ボクシングが弱くなり、社会派映画というものが消えた。ユースホステルがすたれ、人が生きるために「文学」を必要としなくなった。

なにが生まれたか。

一九六八（昭和四十三）年に私がその使い方にとまどった西洋便器が流布し、誰もがシャンプーのあとでリンスをするようになった。私もしている。しかし、その効用についてはいまもって理解していない。

「共通一次世代」とでも呼ぶべき、すんなりとは理解しがたい青年の群が出現した。仕事上知り合う限りから推した、あくまでも一般論としていうのだが、彼らはやさしくて同時に冷淡である。雑知識を多量にかかえこみ、そのくせ無知である。性的であるのに、どこか性をおそれ、また面倒臭がるふうである。

といううぐあいに並べたててはみたが、以前の青年の方がましだったなどとは、やはりいえない。

どんな人種であれ民族であれ、またむかしの人であれ、いまの人であれ、頭脳の自由と不自由、精神の寛闊《かんかつ》と偏狭の割合はみなおなじだ。時代は人の資質にではなく、人の態度に影響を与えるだけだ。つまり、私たちはなんでもいいから早くオトナになりたいと爪先立って歩いたが、彼らはできるだけ長くコドモでいたいと念じて背をかがめている、その違いだけだろう。

「ぼくは二十歳だった。それがひとの一生でいちばん美しい年齢だなどとだれにも言わせまい」

四半世紀あまり前、たいていの青年が三ページくらいは読んだポール・ニザンの『アデンアラビア』の冒頭にこうある。当時のフォークソングを聞くような気恥ずかしさを感じるのは、誰も「一生でいちばん美しい年齢」などというはずがないからだ。自意識過剰のとりこし苦労どころか、自己憐憫《れんびん》の腐臭さえ漂うようだ。

「一歩足を踏みはずせば、いっさいが若者をだめにしてしまうのだ。恋愛も思想も家族を失うことも、大人たちの仲間に入ることも」

それはまあそうだろうが、もともとだめなやつはいるわけだし、ちゃんとだめになることにだっていくらかの才能は必要なのである。

私自身は一九七〇（昭和四十五）年に二十歳だったことになんの意味も感じていない。とにかく騒々しかったという記憶のみが残る。時はまさに轟音とともに空転しているようだった。

当時の青年たちは、日々増すばかりの日本の物質的豊かさに、自分の貧しい精神はとても見合わない、といたずらに焦躁していた。空虚なはなやぎ、というか空転する騒々しい時代を呼びこんだ動機はそれだと思う。いわゆる「知識人」という階層は存在の意味を失い、現在あるような高度大衆化社会に向かう、その激流の途上にあった。

ビニールのゾウリを履き、足の甲を薄汚して新宿駅の西口へ行きかかると巨大な人だかりができていた。素人が街頭で毎晩「朝まで生テレビ！」をやっていたのである。

人混みの向こう側、豊かな髪を振り乱してギターをひきながら歌っているハンサムな青年がいた。その男が山口文憲だったとは、最近ＮＨＫで戦後史発掘番組のニュースリールを見るまで知らずにいた。まして当時の南伸坊が肩まで届く長髪だったなどとは。いま彼らに会うと、そんな面影はさらさら感じさせない。しかし、その気になって眺めれば、なんだかやはり時代の刻印がその顔に打たれているようにも思える。私自身もそうなのだろう。それは寂しくなくもないことだ。

私も人並みに時代の波をかぶってずぶ濡れになったが、それが有益な体験だったとはまったく思わない。むしろ濡れた体を乾かすのに長い年月を費したばかりだ。その間、私は子供の頃とおなじく、人生設計上のなんのイメージも持てなかった。要するに「いろいろあった」と書いて、ほかになんの感想もつけ加えずに済ませたいのである。

「戦後」の子

いまだって私は、なにかにつけひと言多いという評判らしい。むかしはふた言もみ言も多かった。大学の演劇研究会を一年ほどで追い出されたのもそのせいである。

「新劇」なんか一度も見たことがないくせになぜ劇研なのかといえば、理由は簡単だ。対人恐怖を克服するために役者になる人がいて、その数は意外に少なくないが、成功する人は少ない。私の場合、ひと言多いことと気弱さはたしかに共存した。人生いろいろだが、性格もいろいろなのである。

懲りないタチでもある私は、劇研を追い出されるとすぐに友人のつてを頼りに各大学の学生を集めて劇団をつくった。そして台本を書き、演出をした。ただし適性がないと見切った役者だけはやらなかった。

私は芝居をする空間で、芝居そのものよりむしろ、組織をつくり維持することの困難さをたのしんだ。

入場料は比較的高くし、旅打ち興行までした。あらかじめ各サークルから注文をとっておき、舞台上のセットは公演後に政治的宣伝用の立て看板に切り売りできるように設計した。たとえアマチュアであろうと、損までして芸事をしてはならない、それは無能の証明であるし、たんなる甘えや泣き言に終始するのではないかと恐れる気分は、このように遠いむかしから私のなかにあったのである。

しかし時は過ぎる。

あいかわらずヨーロッパ人教師たちとの折合いがつかない私がむやみに落第をくり返すうち、友はみな卒業して就職し、やがて世間のひだにまぎれて去った。

最終回の映画が終ればもうスクリーンはなにも映し出さない。客はみな帰ってしまったのに、自分は立ち去りたくない。だいたい帰るべき場所などどこにもない。一九七二、三年頃の私はそんなふうで、日々をいやいや消していた。もったいないことだが、その年頃にはありがちなことだともいえた。

実際、私は多くの時間を映画館で費した。土曜日はたいてい朝まで映画館にいたし、日によっては三軒もはしごした。図書館と貸本屋にも大いに世話になった。多くの本に出会い、しかるに身に沁みることなく忘れたが、吉田満の『戦艦大和ノ最期』には衝撃を受けた。そして、いっしょに遊ぶ友を失ったあとは、プールに通ってひたすら泳いだ。

多少大げさにいうと、何千本の映画を見、何千冊の本を読み、何千キロの水を潜った。

そうこうするうち時代の軸は音たてて転回した。「日本列島改造」は破産し、一九七三（昭和四十八）年晩秋、中東の一隅の戦争がオイルショックの津波となって極東の島国を襲い、東京に暮らす私の生活を揺すぶった。言葉はきれいでも実際の「国際化」とは苦いものだと思い知ったせいか、あるいはその頃の日本人はみな七難八苦をもとめる山中鹿之介みたいだったのか、小松左京の『日本沈没』がよく売れた。みな自虐的になっていた。一九九九年がすぎてしまえば、なかったことにしたい「ノストラダムス」がはじめて話題になったのもこの頃だった。

殺伐たる牧歌とでもいうべき高度成長の時代が終ったのである。誰もが「やさしさ」と名づけられた鎧を身に着けて、その実、他者との関係を恐れ、ひたすら内向する時代がはじまったのである。

それから数年間、私は真夏の金魚のように世間の水面で荒い息をついていたが、「これなら書き手にでもなった方が楽だろう」と考えて、甘い気持で書き手になり、現在に至っている。甘い気持もときには通用するものだ。書き手商売も楽とはいえないが、つまらなくもない。そして、いつしか歳月の走る速さは増し、青年は絵にかいたような中年となり果てた。初老というやつだって遠くはない。不思議なものだと思う。

もちろん私は「青春」が遠ざかることを惜しまない。日ごとに老いに近づくことを恐れない。いっそいい気味である。

しかし、こんな歌に出会ったときだけは、しばし言葉を忘れる。

春浅き大堰《おほゐ》の水に漕ぎ出だし三人称にて未来を語る

栗木京子のこの歌のような体験を私は持たない。しかし私はたしかにそんなふうだった。そしておそらく、同時代に生きた誰もがそうだった。

真面目なのに、いわば義によって斜に構え、結局どこか「文芸的」でしかあり得なかったのは、私たちがよくも悪くも、また否といおうと応といおうと、「戦後」という時代の子である、そのことのあかしなのだろう。

落花流水

一九九五年四月、父が死んだ。

北国の遅い桜が用水の流れを埋めつくすほどにはげしく散った日の午後、私は病院へ行き、父と話した。といっても、もっぱら私がひとりで喋り、父は聞くばかりだった。

はるかなむかしのことである。

家では牛乳を一本だけとっていた。その一合びんの牛乳をまず父が飲み、つぎに私が飲んだ。父はまだ三十歳そこそこで、さわやかな美青年の印象があったと思う。むろん髪も黒々と豊かだった。

びんの三分の二ほども飲んでしまった父を、半分ずつの約束だったのに、と幼い私はとがめた。父は、見かけで判断するな、牛乳びんは下の方が太いからこれで半分だ、といった。渋々説得されながらも、私は釈然としなかった。

「おれは、いまでも恨んでいるんだぜ、あのときのことは」

私が冗談めかしていうと、すっかり面変わりした父は笑った。

父は、なぜかベッドでも腕時計をしていた。横たわったままその手を軽く上げたとたん、腕時計はすっと肘まで落ちた。

私はあえて遠いむかしの話をしたのである。それは、夏のヒマワリ秋のコスモス、家のまわりを美しい雑草が彩り、日暮れれば電柱のあかりが地面に丸い光の輪をつくった時代、自助努力や相互扶助という言葉がいくばくか以上の意味を持ち、日本が共和的に貧しかった一九五〇年代前半の話である。

父と私は少年期はともかく、思春期以降はまるで反りがあわなかった。十六歳のとき親子喧嘩をして肉体的な争いにおよび、ツボにはまって父を払い腰で投げ倒して以降、父が私に意見をしたことはない。いや、一度あった。それは、私の身勝手さが原因で離婚したときのとても短い、そのくせ強い口調の叱責だった。しかしそれ以外は長くまともな会話さえかわさなかった。

なのに父は、がんではない、しつこい膵臓炎だ、という私の言葉を信じるのである。臓器の絵をかき、「ランゲルハンス島」などという名称をまじえて説明すると深くうなずくのである。そのせいかどうか、三カ月と医者にいわれたはずが、一年あまり生きた。嘘のように痩せ衰えたこと自体はしばしば嘆いたが、最後まで痛みを訴えなかった。

牛乳の話をして四時間ほどのち、眠っていた父が突然、「うっ」とひと声あげた。それきりだった。最期の様子は弟から聞いた。私はそばにいなかった。私は夜には弟と交替するつもりで、病院へ出掛けようとした、その矢先だった。そのようにあっけなく、海軍予備学生あがりで、戦後は一貫して朝日新聞と社会党を好み、また読書家というより愛書家だった父は死んだ。

初夏に納骨した。土地の習慣で、壺ではなくむきだしの骨を墓に入れるのである。大きな骨は手で入れた。小さな骨は住職から借りたスポーツ新聞を二つ折りにして受け、そのまま石の線香立ての背後の小さな穴から玄室《げんしつ》へと流しこんだ。黒土の上にこぼれた白い一片を私は拾いあげ、それも投じた。

母は十年前に死んでいる。私は四十五歳で、みなし子ならぬみなし中年となったのだが、悲しみよりも、やれやれ、これでやっと青春というやつも終ったかと思った。

親がいてこその不良行為である。過剰な自恃と過剰な自己嫌悪の反復、生意気で反抗的な気分と小心・泣き虫な精神の併存、そういうものが青春だとすれば、いつか終らなくては身がもたない。ひとりもので勝手なことばかりしていたせいか、人並みはずれて永かったけれど、とにかくその呪縛から解かれたという安堵の思いを、父の骨の一片を小雨に濡れた地面に拾った瞬間、味わったのである。

長々と書きつらねてきたが、自分より年若い人にいえることなど私にはないのである。その資格がもとよりないと思うのである。それでも、どうしてもといわれたら、青春なんていつかは過ぎていく、恐れることはない、とつぶやくばかりだ。

——嗚呼、「青春」が如き甘美な響きを持つ言葉は世にまた得がたかるべし。されど我《わ》が脳裡に一点のそれを憎むこころ今日までも残れりけり。

Ⅱ　暑さに疲れた夕方

日本海の晩夏

私がはじめて見た海は日本海である。海があんなに広いものだと思わなかった。まさに衝撃だった。そのとき私は五歳だったから、それは一九五五年、昭和でいうと三十年のことである。

私の家からは日本海までは三〇キロメートルほどだったが、汽車に乗って一時間もかかる海はとても遠かった。海の広さについて、あらかじめ教えられても想像さえできない。中学校のグラウンドより広いの、と父に尋ねて笑われた。私にとって、広いものは当時それくらいしか思いつかなかった。父は海軍予備学生出身で、太平洋と日本海の違いについても話してくれたが、海がわからない子に、いくらいい聞かせても無駄だ。頷きながらも実はなんにもわかってはいないのである。

その駅は、文字どおり海岸の崖にはりついていた。プラットホーム自体が海上にせりだして、なかば宙吊りのようだった。

高さにおびえながらのぞきこめば、波打ち際は白く泡立っている。しかし、そこ以外の海水は美しく澄んで、水底の小石の色さえよく見える。わずかに眼を上げると、その先の海は心に沁みこむような青さである。そしてその青さは、次第に深みをましつつはるかな彼方までつづいている。

「ああ、なんて広いのだろう」

決して大げさないいかたではなく、私は「世界」を実感したのである。

海岸へ行くにはプラットホームから、細くて長い階段を降りなければならない。しかし、ようやくたどりついたそこは小石ばかりの磯で、海水浴に適した海岸ではなかった。

当時は誰もが砂浜を好んだ。というより海水浴は砂浜と決まっていた。だいいち足裏が痛まないし、こどもたちは砂の城をつくりたがった。少しずつ満ちながら寄せる波が砂の城を運び去り、高い夏の日に照らされた背中がひりひりしはじめると、砂浜を駆けくだって海水につかるのである。

私は石ころばかりの海岸で水着をつけた。あたりには私たちのほか人影がない。父も水着になった。父のはレスリング選手のシングレットのような水着である。

父はその水着で水につかり、抜き手を切って沖のほうへ泳いだ。どんどん遠ざかる。深い青のなかに父の姿が溶けてしまいそうで、私は不安になった。やがて引き返してきた父は、この海は急に深くなるから怖い、それに水も思ったより冷たい、と濡れた体のままでいった。彼の皮膚にまとわりついた水滴が、太陽光を反射してきらきらと輝いた。

　母は泳がなかった。水着にさえならなかった。母は小石の上に布を敷いて横座りになり、日傘をさしていた。そして、ときどきその日傘をくるくるとまわした。

　海水浴場ではないからヨシズ張りの休み場所もなければ、かき氷売りもいない。ひと駅先もひと駅手前も海水浴場なのに、父と母はわざわざ人けのないその海を選んだのである。そういえば、時期も妙だった。

　たしか八月も末に近い頃である。北国ではもう夏は終っている。日本海のそのあたりだと、盛夏をすぎればクラゲが大繁殖してしまうから、海水浴もお盆までと決まっていたはずだった。水だって冷たい。風には秋のにおいがまじっている。父と母の気まぐれの理由が私にはわからない。

　ともかく、三人は海岸で遅い昼食をとった。それは母がつくったおにぎりである。遠足用の小さな水筒に入れたお茶をまわし飲みつつ食べた。

　父は日よけに、濡らしたさらし木綿の手拭いで頭をおおっていた。古いアメリカ映画の海賊みたいだった。母は水平線上に浮かぶ淡い影をじっと眺めていた。あれは佐渡ヶ島だ、と教えてくれたのは父だった。

ずっと後年、おとなになってからも私は何度かこのあたりを通った。あるときは列車で。あるときは車で。

国道は崖の上を走っている。崖の突端近くにドライブインがあり、その脇に駅に向かって降りる階段がついている。こんな場所に駅をつくるのはたいへんな難工事だったろうと、たやすく察しられる地形である。

高崎から長野をへて日本海の海港・直江津に達する鉄道は、碓氷《うすい》峠のみを除いて明治二十六（一八九三）年には開通した。しかし、直江津から親不知《おやしらず》を通って富山に至る鉄道と、直江津から北へ、この米山山塊が海岸に迫った難所をすぎて越後平野に連絡する鉄道の完成がそれより十年以上遅れたのは無理もないことだ。

いまも、夏の日本海はひたすら青く静まっている。この海が大陸と列島とに抱かれた内海であることを、十分に納得させる風情だ。

夕暮れどき、涼しい潮風が吹くそのはるか対岸はウラジオストクである。坂道の多い街のさびしいホテルのバーではロシア人とヤクート人のバンドが、まばらな客を相手にビートルズ・ナンバーを演奏している。そんな光景がありありと眼に浮かぶようだ。

しかし冬の日本海は一転して壮絶だ。

吹雪の海面に白い波が割れる。冷えきったしぶきがその駅のプラットホームを洗う。それは、さびしさを通り越して、不吉なまでに暗い眺めである。

　はじめて私が海を見た晩夏の一日から、すでに四十年あまりの歳月が流れ去った。しかし、あの日の海岸と静まり返った駅のたたずまいの記憶は、いまもあざやかである。その海の色彩は限りなく青く、また光は限りなく白い。

　こどもの記憶は映像として脳裡に焼きつけられる。しかし、おとなには映像を意味に還元してしまう習性があるから、記憶の感光が完全にはできない。そしてそれは、あまりにもすばやくすぎるおとなの時間に洗われて褪色し、消えていく。

　なぜあんな晩夏に父と母は海へ行ったのだろう。なぜ誰もいない海岸だったのだろう。謎はいまも解けずにいる。

　むかし、父と母は夫婦仲が悪くて喧嘩ばかりしていた。口論の果てに、別れる別れないといいあっていたこともある。しかしそんな小さな危機は、長い生活のうちにはありがちのことだ。ふたりが生きているとき、私はこの海水浴の一件を話題にしたことがなく、ついに答えは得られずに終った。半世紀近いむかしを生きた若い夫婦には、そんな気まぐれを起こすことがときにはあったのだろうと思ってあきらめるほかはない。

　それにしてもやはり不思議だ。どきりとするほど色あざやかな自分の記憶なのに、そこには波の音、風の音、列車の音、音という音がまったくともなっていない。

ただ、貧しい日々に希望がなかったとはいえないあの清涼な時代への懐しみと、そういったものを失って久しいと感じるいくばくかの寂しさが記憶のなかの風景をつつみこんでいることを、ほろ苦く確認するばかりである。

蒸気機関車が消えた

「昭和五十年には鉄道はぜんぶ電化されて、日本から蒸気機関車が消えてしまうでしょう」

電気機関車が牽引する特急つばめの絵の脇に、そんな文章が添えられていた。昭和三十一（一九五六）年のマンガ雑誌の特集だと思う。この年の十一月、東海道線が全線電化された、おそらくそれがきっかけとなった企画だろう。

東海道線電化完成記念切手は当時の少年たちを狂わせた切手収集ブームの直前に発行されたから、いまでも結構な高値がついている。翌昭和三十二年は国際地球観測年だった。南極越冬隊を運ぶ観測船「宗谷」を背景に、極地の蒼穹を見あげる一頭のペンギンをデザインした切手はいまも私の記憶に新しいが、いっこうに値が上がらない。六百万枚のうちの大半が四十男五十男の古い机の引出しに死蔵されているはずだ。

私はこの記事を信じなかった。蒸気機関車が消えることをではなく、昭和五十年ということばに実感がわかなかったのだ。

昭和は五十年まで本当につづくのだろうか。大正は十五年までしかなかった。明治は、長い長いといわれて四十五年だ。おまけに、当時私は慶応とか天保とかの年号も聞き知りはじめていた。慶応は四年、天保はよく知らないがせいぜい十何年だろうと父がいったことがある。ゆえに「昭和五十年」をあやしんで、その記事の書き手のリアリズムを疑ったのだった。

進歩は善、進歩は必然と信じていたから、蒸気機関車が消えるという記述に悲しむところはなかった。むしろ早く消えろ、消え果てて私の住む北陸の一地方も東京なみになれ、と願っていた。

その前年、私は母にともなわれてはじめて東京へ行った。東京は巨大な街であり、電車の街であった。省線電車や西武線を「きしゃ」と呼んで東京の子供にからかわれ、うつむいた。

私は戦後いち早く電化された上越線に肩入れした。石炭の燃えるにおいがして、窓辺につく肘の黒く汚れる信越線を憎んでいた。東京へ向かう上越線の車中、私は列車の最後尾に母とともにいて清水トンネル内のループを目のあたりにした。蒸気だったら煙でなんにも見えない。息もできない。電気機関車だから、ほらあんなによく見える、と母はいった。

まっすぐじゃ急すぎて登れないからぐるっとまわりながら登るんだよ。

私の住む町にはかつて大きな操車場があり、蒸気機関車が並ぶ機関区があった。前後どちらでも走り出せる電気機関車には不要のターンテーブルがあり、それが回転するのを見るのは楽しみだった。

進歩を好み旧弊を嫌う心情の底で、私は、ひそかに蒸気機関車のたくましさを愛していたようだ。中野重治のごとく、走り去るその重たくて黒い後姿に熱い手をあげたかった。洗いざらしの青い作業服を着た機関区員は、昼休みにはみんなで歌った。夕暮れには冷たい水で体を洗った。腰にさげた手拭いで顔をこすった。

先日従姉の娘が東京に遊びにきた。もう二十いくつだ。年に何回かは新幹線に乗って原宿へ買いものにくる。彼女が私に尋ねた。新宿から吉祥寺まではどのキシャに乗ればいいの？　私は笑った。なぜ笑うのかと彼女は多少気色ばんだ。少し嬉しいからだと答えて、さらに彼女の不興を買った。

評伝もまた小説たらざるを得ない

一九五〇年代は、日本中の親が子供に「偉人伝」を読め読めとうるさかった十年間だった。当時はもっぱら「伝記」と呼んでいたが、どこの小学校の図書館にも、低学年、中学年、高学年とそれぞれの年頃に見あった言葉づかいのシリーズが、「よい子のためのソクラテス」から「二十世紀の自動車王フォード」まで置いてあった。

偉人伝の伝統は明治四（一八七二）年、中村敬宇の『西国立志篇』にはじまり、いわば近代化の燃料として日本人にもとめられて、その伝統は戦後にまでおよんだ。しかし戦後の流行期に好まれた偉人の顔ぶれはずいぶん違っていた。

軍人はもちろん明治の元勲も消えた。政治家は好まれず、例外はフランクリン、リンカーンあたりと、第三世界の希望の星としてのインドのネールだったと思う。非暴力主義で戦後にわかに見直されたガンジー人気を引継いだうえに、ネールは一九五五（昭和三十）年、バンドンのアジア・アフリカ会議を仕切って大いに株を上げ、ゾウを上野動物園に寄付して日本の子供にも知名度はとても高かった。

あとはジェンナーやキュリー夫人のような科学者、アムンゼンやナンセンのような極地探検家、それからエジソンやスチブンソンのような発明家である。日本人でも北里柴三郎、鈴木梅太郎、野口英世といった理科系はまじっていたが、文学者はトルストイ、ロマン・ロランなどの平和主義者を除いて、日本人であれ外国人であれ見習うべき人とは考えられていなかったようだ。

私は小さい頃から本が好きだった。いわゆる文学が好きなのではなく、物語、というかとにかく嘘話が好きで、ジュール・ベルヌや大デュマの子供向けに翻案されたものばかり読んでいた。

母親は私の物語愛好癖には眉をひそめた。しかし、読書はいいことだという風潮のせいで表立った反対もできず、そのかわり偉人伝を読め、とくにエジソンなどがいい、といった。もともと実利指向型の母は、そうすれば子供が理科系に育って、そのうえなにか発明でもしてくれるかも知れないとでも思ったのだろうが、私は母の機嫌をとるために読んだだけだった。

発明王になってからのエジソンにはちっとも興味が湧かなかった。しかし、学校嫌いの変な子だったというところには大いに共感した。学校嫌いなのに、それを素直に出せなくていい子のふりをしていた私は、まだ小さいくせに学校からも家からも自由になって、メッセンジャーボーイや電信技師見習いで自活できたエジソンに大いに憧れた。私はできればすぐにでも列車の貨物係になりたかった。

十代の終りの数年間は小説をよく読んだが、その後は長く遠ざかった。三十なかばに再びいくらか読むようになっても、情緒的な小説はどうも飽きがくる。データがこまかくおさえられていないと駄目で、『ロシヤにおける広瀬武夫』（島田謹二）や『やちまた』（足立巻一）などを、たのしみつつ読んだ。

吉村昭の『長英逃亡』『冬の鷹』は小説と銘打ってあるが、これほど事実に執着する姿勢を見せた作品もまれだ。山田風太郎の『警視庁草紙』は吉村昭とは対極的な方法で描かれた稗史《はいし》だが、そこに結像するたとえば川路利良の姿は、調べに調べた高野長英や前野良沢、また広瀬武夫や本居春庭の生涯とともに私の精神を痛く刺激した。それは内田魯庵の『思ひ出す人々』、中村光夫の『二葉亭四迷伝』への感動に通じた。古くは無名作者によるエジソンの少年時代の描写への共感とも同種だと思われる。

つまり私は評伝もまた小説だと考えているのである。ある人の一生を日ごと年ごとに等量ずつ記録していけば、それは退屈なノンフィクションにしかならない。しかし、その人の事跡を調べつくしたうえで、波乱の時期に重点を置き、かつ著者がその時代の人となるまで沈潜して、空白部分を蓋然性ある推理で埋めるなら、それは実り多い小説とならざるを得ないし、そのような文芸は人を動かすということである。さらに一歩進めるなら、ノンフィクションもまた小説の一表現分野たるをまぬがれ得ず、結局それは文芸に包摂されるだろう。

文芸家の人生はお手本にならない。結局はわがままな人々にすぎないから、おとなのたのしむ評伝ともなりにくいだろう。しかし、たとえば明治二、三〇年代という時代、身分制による消極的安定から放り出され、また近代資本制の成立期に長じて、人はなんのために生きるかという問いに当面した文芸家たちならどうだろうか。

その場合、主人公は文芸の内容でも文芸家自身でもなく、新しくかつ小さな産業としてのまた生活の方法としての文芸を成立させようと試みた若い集団の歴史である。私は後年『二葉亭四迷の明治四十一年』という「小説」でそれを描こうとした。それは遠いむかしの読書体験と読書の好みのしからしめた、いわば必然の帰結であった。

こそこそごはん

料理について、味についてうんぬんするのはいやしいと思え、男とはそういうものだと教えられた。

誰に教えられたかはわからない。父かも知れない。いずれにしろ遠いむかしのことだ。根拠も出典もあやふやなその言葉は、長い年月のうちに自我の土に吸われ、内奥の岩盤に沁みこんだ。いま、私は味盲にひとしい。

父が教えたのなら、それは母の料理のまずさを子供に忘れさせるため、いや本人が忘れるためだっただろう。

母は短気で、おまけに多忙だったから料理することを好まなかった。腹がふくれて栄養さえ足りれば、味は二の次食卓のだんらんは不要、とかたく信じる合理主義者でもあった。彼女にとって食事時間は短ければ短いほどよく、汚れる皿は少なければ少ないほど望ましかった。父は母を咎めずに耐えて、やがて彼自身にもその態度は伝播した。

だから私に得意の「手料理」などあるはずもないが、しいていえば「ごはん」である。料理などなにもつくれず、つくりたくもないが、ごはんはたける。電気釜でもたけるし、鍋でもたける。

私はごはんのたけるときのにおいが好きである。あのにおいのなかに、なにかしら懐しい風景を見る。守るべき、ささやかななにものかがある、という一瞬の幻想を持つ。

母のいない日曜日は静かだった。畳の上に障子の桟の影が伸び、空気中のほこりさえおだやかに浮いていた。腹這いになって「群像」を読んでいた父が突然たちあがり、めしをつくろう、といった。私は即座に賛成した。

父は米をといで石油コンロにのせた。私は「通い帳」を持って近所のなんでも屋に走った。缶詰を買うためである。やがて、めしのたけるにおいが家を満たした。

サンマの缶詰をあけ、なかみを五分の三と五分の二にわけた。私のとり分は子供だから少ない。そのかわり汁を多くもらう。父は茶わんにサンマの味つけ煮をあけ、それからごはんをよそい、箸で完膚なきまでにかきまぜた。ネコメシである。

私は父の許しを得て、缶詰の方にごはんをいれ、極端に汁気の多いネコメシをつくってそのまま食べた。なんと下品な、そして、なんとおいしいごはんだっただろう。

しかし母には秘密にしておかなければならない。知れたら、父も私もさんざんに叱られる。私たちは怪しまれないように夕食の入る隙間を残すため、せっかくのごちそうもたった一杯だけでがまんしたのだった。

いまでも私はごくまれにネコメシをつくる。誰に隠れる必要もないのに、世間をはばかる気分でこそこそとつくり、急いで食べている。そして、食べたあとはむかしのようにそ知らぬ顔をしている。

新潟平野は真夏

新潟平野の記憶は炎暑の夏とともにある。吹雪で暮れる新潟も情緒的だが、やはり夏の暑さの方が忘れがたい。

フェーン現象でうだるような気候が質のよい米を育てるのだという。雪にしろ、その酷熱にしろ、平野の南縁をくっきりと画する肉食恐龍の背のような山脈がもたらすのである。

八月、緑一望の田はもっとも活性化する。

油照りのもと、稲の葉ははげしく呼吸し、熱気を吐き出す。運動部の練習の帰りに自転車で走り抜ければ、切る風さえ熱風である。

一九六〇年代前半、どこの家にもクーラーなどなかった。扇風機は親たちの専有するところである。思春期とは親になるべく距離を置きたい年頃だから、その恩恵に浴すことはできない。となれば涼をもとめるてだては、つめたい井戸水と、井戸水で冷やしたトマト、それから二階の窓を吹き抜けるわずかの風のみだった。

白いシャツのくつろげた胸を微風がなぶる。その窓から遠く見える緑色の圧倒的なひろがりは、黄昏の空気のなかで、いまだざわざわと騒ぎつづけている。

それは東京オリンピックを契機として日本列島に破壊的建設の巨大波が寄せる直前の、ありふれた地方の風景であった。

いまはただただ懐しむばかりのそのような風景を、当時の私はたしかに憎んでいたのである。田園風景などというものは早く消えてなくなり、広大な平野全体をコンクリートで押し固めてビルが建ち並べばいいと思っていたのである。

夏の田から噴出する熱気はもちろん、緑のひろがりさえ惜しむに値するものではなかった。冬のつらら、春の泥濘、秋空の高さも同様で、私はつまり、季節のない場所に恋着して、早くそこへ出て行きたいとのみ願っていたのだった。

時間であれ恋愛であれ、なくしてからはじめて惜しむというのは情けない世のならいだが、そう思うにしても、なくしてすぐには無理だ。あいだにいく時代かをはさまないと身に沁みない。

私にとっての新潟平野の夏の場合は、七〇年代なかばまでの高度成長、それにつづく低成長、九〇年代初頭に突然終ったバブル、三つもの時代をへだてて、ようやく大きな失いものをしたのではないかという疑念と懐旧の思いとに迫られた。

しかし、なにをいまさらというべきだろう。笑うに足る感傷にすぎない。

とはわかっているのだが、埃のたまった白い道、長い午後の終りに息をついて斜陽に少しずつ黄色く染まる山脈、余熱を保つ緑の田が、単純な時代の単純な美に対する尊敬の念とともについ思い出される。

それはたんに加齢のせいか。努力目標を失った日本そのものが老いて下降期に入り、それが私の気分にも反映しているせいか。あるいはその両方か。

洋書売り場の賢い犬

おめかししたつもりの赤いシャツなど着て新宿の紀伊國屋書店の前に行ったのは、一九六六（昭和四十一）年の八月のはじめだった。とても暑い日だった。私は地方の高校二年生だった。予備校の夏期講習を受けるといって親に金を貰い、上京していた。

それは口実で、私はたんに親元を離れたかったのだし、東京で好きなだけ映画を見たかったのである。地元の高校を落ちて東京の私立に入った友だちが、ラグビーの合宿でひと夏長野にいるというので、その下宿をいわば居抜きで借りた。しかし、根が小心な私は映画ばかり見て歩くのも気が咎め、代々木の予備校にもそれなりに真面目にかよった。

その何日めだったか、予備校の廊下で、中学からいっしょで、高校ではとなりのクラスのミドリちゃんに会った。

「奇遇だなあ」私はいった。

「ほんと、奇遇ねえ」彼女は嬉しそうにいった。

私もとても嬉しかった。

とくに親しかったわけではない。彼女は中学のとき、度の強い眼鏡をかけていた。高校へ入学したとたんコンタクトにかえた。それで彼女がほんとうは目のさめるような美人だったということが知れわたった。学年一の美人と意外な場所で邂逅できた幸運に勇躍した私は、さっそく彼女をデイトに誘った。土曜日の授業のあとならというので、私はその日、午前中にシネマ新宿という客席五十くらいの小さな映画館で『女と男のいる舗道』を見てから待ち合わせの場所に行った。

紀伊國屋のエスカレーターの下に待っていたのは、ミドリちゃんだけではなかった。

「荻村さんに電話したらね、いっしょに行こうかって」と彼女は、まったく無邪気にいった。

荻村さんも中学で同級生の女の子である。小さな私立の学校だったから、みんな顔なじみだったが、勉強がよくできて冷静なタイプの彼女は、級友たちに一目置かれつつ敬遠されていた。高校へ入っても彼女の立場はかわらなかった。荻村さんもやはり夏期講習組だったが、駿台予備校の選抜クラスに入っていた。

荻村さんの登場ですっかり意気阻喪してしまったけれども、私は予定どおり書店の四階へのぼった。そこは洋書売り場である。人影は少なく、日本書籍とは違う色あいとにおいとに満ちている。

「この本なんか、わりあい好きなんだ」

私は一冊の黄色い表紙のガリマール版を指差していった。

「あら『悪の華』なんか読むわけ?」と荻村さんはいった。「あんまりいい趣味じゃないと思うな」

「なにがいい趣味じゃないの?」私は尋ねた。「ボードレールが?」

「ううん」荻村さんはいった。「全体がね、なんとなくね」

彼女は、決して見透かしたような表情をしていたわけではない。ただ、さわやかに冷たくいい放ったのである。そして、その意味するところは、にわかに私に通じたのである。西洋便器の使い方さえ知らなかったくせに「おフランス」もないもんだ、とわれながら思いつつ、それを認めたくない気分もなかばはあり、私は沈黙して握り込んだ指の爪を手のひらに立てた。

そんなコドモじみた葛藤に気づきもせず、ミドリちゃんは少し離れた場所でセザンヌの画集を眺めていた。その横顔を、毛並みがよくて賢い犬のようだ、と私は思った。

ビヤホールへでも行くつもりだったが、とてもいいだしかねて三人でなんとなくデパートの屋上へ行った。そこでソフトクリームを並んで食べて別れた。

その年の暮れ、私はクリスマスカードに、ボードレールの「秋の歌」かなにかを訳して書き、ミドリちゃんに送った。彼女からは「来年もよろしく」という返事がきただけだった。

ミドリちゃんは、補欠で慶応の商学部へ入り、その後普通の奥さんになった。五年に一度くらいの割合で会うが、そのたびに年をとっている。しかし美貌はなかなか衰えない。いまでも毛並みのいい、落ち着いた犬みたいだ。

以来三十年、ボードレールの名を聞くたびになんとなく赤面してしまうきっかけをつくった荻村さんは、たしか津田塾へ行った。外資の銀行へ勤めて、三年ほど前に亡くなった。できる人だったのに三十の終りくらいから鬱病になっていたのだという。このことは、昨年ひさびさのクラス会で会ったミドリちゃんに聞いた。できる人だったのにね、と彼女はわりあい明るい口調でいった。

『幸福』の「意味」

はじめて買ったレコードは、『幸福』という映画の主題曲で、それは多分一九六六（昭和四十一）年のことである。

主題曲といっても映画のためのオリジナル音楽ではなかった。モーツァルトだった。アニェス・ヴァルダという女流監督がつくった『幸福』は、サイレントではないけれどセリフのいっさいない映画で、ほとんど全編を通じてモーツァルトが流れつづけるのである。

フランスの地方都市に、まだ年若い夫婦が小さな娘といっしょに暮らしている。それは絵にかいたように幸福な暮らしである。

しかしあるとき、若い夫は別の女性に気をひかれる。彼は彼女と寝る。やがて夫は妻にそのことを打ち明け、許しを乞う。妻は衝撃に耐え、夫を許す。少なくとも許すそぶりを見せる。だが実際には妻は心の深いところで絶望していたのである。妻は近くの湖に身を投げて死ぬ。夫は深く悲しむが、やはり日常はつづく。話としてはそれだけである。

幸福とは水で書かれた物語のようで、悲劇もまた同様である。それがこの監督の意図であり描きたかったところだろう。そういう人事のはかなさを、非人情なまでの美しさを保って疾走し去るモーツァルトの音楽は、実にみごとに際立たせるのである。しかし私はいまその曲名を思い出すことができない。ジャン・ピエール・ランパルという高名なフルーティストを中心とした管楽四重奏だったとしかいえない。

音楽の才能が決定的に欠けた私は、まったくクラシックに親しまなかった。なのにこのとき私は、はじめて音楽というものの不思議な力を知ったのである。モーツァルトは一瞬にして音楽の全体を構想したというが、その曲もまた一瞬のようであり、同時に永遠のようであると感じられた。

高校二年生の私は、とぼしい手持ちの金をさいて、いわば、やむにやまれぬ思いでそのレコードを手に入れた。しかし買ったはいいが、自分の家にはステレオセットはおろか、てんとう虫のプレーヤーさえなかったのである。私の文化的環境はそれほど貧弱だった。

夜更けに友人の家を訪ねた。いつものように小石を放り投げて窓ガラスにあてた。窓から入りこみ、彼のステレオを借りた。友人はインスタントコーヒーをごちそうしてくれた。私はコーヒーを何杯もおかわりしながら、一枚のレコードを何回も聞いた。

根がジャズファンの気のいい友人は、こういう音楽もたまにはいいね、といった。でもなんていうか、おれとしちゃ、もうちょっとスウィングする方がこのみだけどな。

現在も私はモーツァルトが好きだ。しかし、なぜあのときあれほど執着したのかを考えると、とても不思議だ。感覚器官が妙に鋭い時期にはありがちなこととして済ませてもいいのだが、ほかに思いあたるとすれば、言語への疲労感である。

当時私は外国小説ばかり読んでいた。サルトルとヘンリー・ミラーは高校生の流行だった。どちらもおもしろかったが、それでも毎日読めば、多量の言語と、言語に必然的に付帯する「意味」の洪水に疲れる。モーツァルトの音楽は、言葉と意味とをさわやかに吹き飛ばすのだった。

アニェス・ヴァルダは、結局その後記憶に残る作品をつくらなかった。『幸福』だって、ひょっとしたら新藤兼人の『裸の島』の影響を受けていたかも知れない。私はこの作品をきっかけにしばらくフランス映画に凝り、七〇年代はじめにそこから脱した。

ジャズ・ミュージシャンになりたがっていた友人は建材メーカーかなにかに勤めたはずだ。当初から志など持たなかった私は偶然いまここにこうしてあるわけだが、ごくまれにモーツァルトの旋律が脳裡を走る。それはやはり、あふれかえる言語や意味に、心からうんざりしたときである。

四谷見附橋

半蔵門からまっすぐ西へ、大木戸からは甲州街道になる大通りの途中に四谷見附の橋がある。橋の上に立っても水面は見えない。むかし真田堀と呼ばれていた外堀の一部は、とうに埋め立てられた。見えるのは中央線と、それから地下鉄丸ノ内線の線路である。闇を裂いて走りつづけた地下鉄の窓に、四ツ谷駅付近で空が映る。土手の急斜面のはるかな高みに、痛いくらい青くひろがる空は、まさに一瞬の救いである。

丸ノ内線が開通して間もない頃だから昭和三十四、五年か、私は上京してはじめて地下鉄というものに乗った。そして高い秋の空を四谷で見た。それは、土手の上端の線ではやわらかく、四谷の橋には鋭く切りとられたあざやかな矩形の空だった。「東京は美しい」と少年の私は思い、以来ひそかに丸ノ内線に肩入れしつづけている。

近くの赤坂離宮との調和を考えて設計された欧風の四谷見附橋は、大げさにいうと日本近代のありかたを象徴している。

橋の東、紀尾井町側はかつての大名屋敷で、のちに大きな教会が建てられた。教会と背後の木立のなかには欧州文明が、たとえば西欧の冷厳、中欧の憂うつ、南欧の暗赤色の激情といったものが、息を殺してひそんでいるかのようだ。

橋の西側は四谷の町屋で、南西の窪地にはむかし鮫ヶ橋の貧民街がひろがっていた。いまは極東最大のアジア的快楽主義の巷、新宿の周縁地域である。

六〇年代後半に東京に住みはじめてからは、数え切れないほどこの橋を渡った。

一九七〇（昭和四十五）年十一月下旬の晴れた夕方にも橋を渡り、地下鉄駅の売店に夕刊を買いに行った。買ったばかりの何種類もの新聞を橋の上でひろげていると、踊るような足取りで友がやってきた。

友は私を見とめると、「どんなもんだ」と大きな声でいった。

いぶかしむ私に彼は、「三島はよくやった、天皇陛下は偉大だ」と、三島由紀夫の転がった首の新聞写真を指さしながら怒鳴るような声でつづけた。それから、返事を待ちもせずに私の肩を力まかせに叩き、橋を渡って教会の方へ去って行った。

二十何年か前、学生たちはたいてい眉間にしわを寄せていた。始終煙草を吸っていた。煙草をせかせかと吸いながら、都会育ちの女子学生のすっきりした後姿を見送り、そして欧州文明を憧れつつ憎んでいた。

いまJR四ツ谷駅はすっかり新しい。駅ビルという呼びかたさえ気後れするほど清潔で、美しい建物のなかの店で一杯売りのビールを飲む青年たちは、みな明るく、みなハンサムである。彼らは欧州文明に憧れもせず抵抗もせず、すなわち欧化を苦にしない。モダンな風物は、長く身にまとった衣服のようになじんでいる。

橋の上で出会った友は、その後間もなく故郷へ帰った。以来絶えて消息を聞かない。橋も道路も広くなり、むかし見知った喫茶店はすべて消えた。私はもはや四谷見附の橋の上で立ちどまりはしないが、悲しむべきか、眉間にしわの痕跡が残っている。「そんな時代もあったね」といつか笑える日は、ついにこなかったのである。

無責任男――こつこつやるやつァご苦労さん

一九六二（昭和三十七）年九月の第一月曜日だった。私は全校で三百人という、戦後のベビーブーム世代の収容先としては破格に小さな中学校の一年生で、夏休み後はじめての朝礼の列に並んでいた。

その日、地方国立大学の教授も兼任している五十がらみの校長は、こんな訓話をした。

世は無責任時代、無責任男などという言葉がはやって苦々しい思いを禁じ得ないが、君たちはそんな浮薄な言葉に惑わされてはならない。責任感なくして社会は立ち行かない。日本も立ち行かない。君たちはぜひ責任男、責任時代という逆の言葉を肝に銘じて生きていただきたい。

訓話に対する私の気分は、ひと口にいってアンビバレントだった。

その年の社会科の夏休みの宿題は新聞のスクラップだった。地方紙ではなく朝日新聞をとっている家は少数だったが、私は父と母が読み終るのを待って毎日紙面を切り抜いた。

冷房もなく、ただ夕方の涼風を待つばかりの暑い夏をとおして、もっとも印象に残ったのは太平洋を小型ヨットで単独横断した堀江謙一青年の記事で、私は大いに冒険心を刺激され、またナショナリズムの高揚さえ感じたのである。

ところで校長は、その年の七月二十九日に封切られて大当たりした東宝映画『ニッポン無責任時代』と、前年の秋「スーダラ節」以来の植木等ブームを念頭に置いて訓話したのである。

コドモのくせにというべきか、あるいはコドモだからというべきか、新聞というものを、ことに父親がなにゆえにか好んだ朝日新聞を信じていたような私のセンス、「自称前衛芸術家」を悪玉、堀江謙一を善玉とにわかに断ずるような私のセンスが校長の話を抵抗感なく聞き流させたのだが、同時に私の内部には植木等を許容する気分どころか、植木等的生きかたに対する憧れさえもひそんでおり、それがアンビバレントな感情をもたらしたのである。

はじめて聞いた「スーダラ節」は衝撃だった。「あんなフルバンドのチンドン屋みたいな曲をつくるのは大天才だ」と宮川泰は作曲の萩原哲晶を評したらしいが、私の場合、曲への驚きもさることながら、「わかっちゃいるけどやめられない」というフレーズを歌う植木等の、この世のものではないほど「無責任」な声に、まさに「天の声」を感じとったのだった。

「わかっちゃいるけどやめられない」をあの声で歌うことそれ自体が、いわば戦後的民主主義への疑いをこめた哄笑だったなどと、当時はそんなふうに理詰めに考えはしなかったものの、このわずかのちにＮＨＫで放映された井上ひさしの人形劇『ひょっこりひょうたん島』とともに私の思想的原点となった。「スーダラ節」を作詞した青島幸男と、井上ひさしはたしかに無意識の偉大な思想家で、植木等とドン・ガバチョはその思想の体現者であった。

『ニッポン無責任時代』は、本来東宝のサラリーマン路線、森繁久弥の「社長」シリーズのヒラ社員版として企画されたルーティン・ピクチャーである。しかし、黄色い背広に黄色い靴といったばかばかしいいでたちが似合う男を映画史上はじめて発見した、その一事だけで、この凡作は瞬間の傑作たり得たのである。

テレビの『シャボン玉ホリデー』の放映は、私の地方では東京より三年ほど遅れたのだが、ブラウン管上にカンカン帽に丸メガネ、ステテコに下駄という姿で「お呼びでない？」と口にする植木等を再び見たとき、自分が朝日新聞などよりもバラエティが心から好きであり、できれば植木等のように生きたいと願っていたことを、中学三年の私は高らかに笑いながら確認せざるを得なかったのである。

植木等とクレージーキャッツの全盛期は六〇年代、とりわけその前半だった。一九七二（昭和四十七）年には植木等主演の正月映画が大コケし、その年、クレージーキャッツの出るテレビのレギュラー番組はすべて消えた。

時代がかわったのである。あらゆる矛盾を顧ず、ただただ真っすぐに走ることのできた高度成長は終ったのである。

青島幸男でさえあんなふうに、つまりたんに進歩的な政治家、凡庸な都知事になってしまったのだから、植木等が成功した喜劇人の通弊として、小林信彦のいう「森繁化」してしまうのも仕方ないことかも知れない。しかしそれでも、なぜ死ぬまで「無責任」では駄目なのか、とあの奇妙な明るさに彩られた東京オリンピックまでの数年間を思い起こしつつ、私はひそかに惜しみつづけている。

趣味と教訓

自分はいたって無趣味で、という人が多い。

私もそのひとりだ。

仕事が趣味みたいなものですから、ともいう。

残念ながらやっぱり私もそのひとりだ。

これまでは、そんないいかたをするのはたいてい男、それも中年男と相場が決まっていたが、最近は三十代の女性にもいるようだ。仕事が趣味だ、というとき、彼らの表情を自信と不安がともにかすめるのは不思議議だ。自分では気づかないが私もおなじだろう。

仕事が趣味なら引退すれば趣味も終る。あとはさびしい人生、ということになってしまいかねない。それが不安を呼び起こすのだろう。

趣味とはなにか。

くどいようだが無趣味なタチで、幼い頃の郵便切手集めくらいしか思い浮かばないのは情けないけれど、そこから考えるよりない。

　四十年もむかし、突然コドモたちのあいだに切手ブームが起こった。戦後という時代も落ち着き、わずかながら余裕が生まれた。コドモもいくらか小遣い銭を手にするようになった。郵政省がその小銭を狙って記念切手を多量に発行した。そうしてブームが列島をめぐった。

　コドモたちが記念切手の発売日に郵便局の窓口に並びはじめたのは、一九五八（昭和三十三）年四月、切手趣味週間切手の発売日からではなかったか。むろん買うのは十円切手をひとり一枚か二枚、私も年長のいとこといっしょに並んで一枚買った。私は小学三年生になったばかりだったが、クラスメートの大きな八百屋の息子がシートごと買ったのを見て、愉快ではなかった。ああいう子は将来立派な人間になれないに違いない、と思おうとした。

　しかし、私がおもに凝ったのは外国の切手だった。新鮮な色彩がある。三角形の切手まである。私はたちまち心を奪われた。

　当時はキャラメルの景品に外国切手が入っていた。使用済みだし、文字どおり二束三文で輸入したものだろう。だが、私にはその薄れたスタンプのインク文字さえもの珍しく、それまたありがたかったのである。私は毎晩ふとんのなかで自分の小さな切手帳を眺め、それから安心して眠った。

そうこうしているうちに、サンマリノやモナコといった国となじみになる。そんな小国は当時、外貨獲得手段として切手を大量に発行していたのである。ポルスカとかグイネアという国の存在も切手の文字から知った。ポルスカはポーランド、グイネアは南米の、当時英領ギニアのことだ。私は無意識のうちに切手のデザインや紙質からその国を読みとろうと試みた。

需要が増せば市場も活性化するのは世のならいだ。以前は好事家相手に細々と営んでいた業界も、コドモを巻きこんでにわかににぎやかになり、安価で美しいカタログを発行しはじめた。私もなんとか一冊手に入れて、マニアのはしくれとして読みひたった。

もうその頃には、私の手に入るような外国切手にはなんの市場価値もないということがわかっていた。狙いは記念切手、あるいは戦前の植民地切手である。珍しいところでは、徳島県板東収容所で第一次大戦中に青島で降伏したドイツ人捕虜たちが自主流通させた板東切手などがあった。

ブームのせいかカタログが改訂されるたびに、切手に付けられた値段が上がる。私の持っている一般的な記念切手でさえそうだ。私は毎月自分のコレクションの価値を計算し直してはほくそえんでいた。バブルである。

だが、一九六二、三年頃から値上がりがぴたりととまった。値下がりするものさえある。ブームが終ったのだ。私の含み資産もがたがたと目減りし、私は大いに悲嘆した。

時は流れ、興味を失ってはるかのちの学生時代である。月末にお金が底をついたとき、思い切って秘蔵の切手帳を一冊、神保町の店で売った。六千円になった。私はその金で友人とカキフライ定食を食べ、コーヒーを飲んだ。塩漬けにした株を投げ売りしたようなものだ。

切手集めの初期には、それはたしかに趣味だった。

私ははじめ、遠い外国への憧れを切手に託したのである。切手を見るたびに心騒ぎ、いつかその国へ行ってみたいものだとわくわくした。

それが趣味というもので、いくらささやかなレベルではあっても投機は趣味とはいえない。心は想像力で躍るのではなく、欲に打ち震えるだけである。そして、やはりささやかなバブル崩壊に遭遇してがっくりきたのも、後年の株とおなじだ。歴史はくりかえすというべきか、人間は懲りないようにできている。

仕事だってそうだ。

お金とはさしたる関係なく、心がもとめるところに従ってする仕事なら趣味ともいえるが、金のためだけなら、それはたんなる仕事にすぎない。そうして、趣味の部分が多ければ多いほど、仕事は飽きないし長つづきする。その意味でなら老後を恐れるには足りないのである。

これがあらたに学んだ教訓だが、果たして身に沁みるものかどうか。前科が一犯や二犯ではないから、そこのところはすこぶる不安だ。

暑さに疲れた夕方

列車は山形県内部の日本海岸をゆっくり南下していた。

線路の継ぎ目は単調な振動をつたえ、窓から吹きこむ風は少しも涼しさを運んでこない。ときどき燃え残りの石炭殻の細片が頬にぴしりと当たる。私は窓枠に頭をもたせかけ、右手の海を見るともなく見ていた。

夏の真昼、強い日ざしの下で暑気を十分にたくわえた海は、わずかに青みをおびた金色の広がりとして眼前にあり、どこか夏そのものに疲れているようだった。そして、それを眺める私も倦《う》んでいた。

小学校四年生の私と中学一年生のサチコは、午前十時すぎに酒田駅から普通列車に乗った。列車は大阪までえんえんと走るのだが、私たちは途中の新潟まで帰るのである。

蒸気機関車に牽《ひ》かれた列車は、はじめ庄内平野を淡々と走った。それは、葉うらから熱い呼気を噴き出しつつ生育する稲が見渡す限りにつづく、酔うほどに濃厚な緑一色の風景である。

しかし、鶴岡をすぎてトンネルを抜けたあたりから、せり出す山塊に押し出されるように、羽越線は海岸ぎりぎりの場所を通る。石炭のにおいに、強い潮のにおいが加わる。海岸沿いの最初の小駅は五十川《いらがわ》である。雑草の繁る無人のプラットホームが、天頂からさかおとしの太陽にじりじりと灼かれている。そこからは温海《あつみ》温泉、小岩川《こいわがわ》、鼠ケ関《ねずがせき》、さらに県境を越えて新潟県に入っても、見えるものは輝く海と、線路に並行して走る白い埃の積った国道ばかり、そんな風景が一〇〇キロメートル近くもつづくのである。無意識のうちに額を拭うと、煤煙と汗とで手の甲に薄黒い筋ができた。

私はサチコに話しかけた。そうせずにはいられない気分だった。

「暑いね、サッちゃん」

彼女は、海に向けたあいまいな視線を動かしもせず、うるさそうに小さくうなずいただけである。

「海がきれいだね、サッちゃん」

今度はうなずきさえしなかった。

だが、私の言葉にも気持がこもっていなかった。それは認めざるを得ない。

車窓のすぐ下に見える海水はとても透きとおり、底の小石さえ数えられるくらいだったけれど、海も私たちも、ともに夏の長さと深さに真底うんざりしていたのである。

　山形へきたとき、私たちは四人だった。お隣のおばさんとレイコちゃんがいっしょだった。おばさんはサッちゃんのお母さん、レイコちゃんはサッちゃんの姉で、高校二年生だった。

　一週間前の夜遅く、お隣のおばさんが私の家を訪ねてきた。不幸があったという電報が実家から届いたのだ、とおばさんはいった。彼女の実家は、山形県の沖合にある小さな島にある。

　これはのちに知ったことだが、おばさんは急なことで旅費の工面がつかず、母にお金を借りにきたのだった。母はそのとき、夏休みなのにどこへも行けないとぼやきつづけていた私を、彼女たち一家に同行させたらどうかとにわかに思いついたのである。女だけの家族であるお隣に始終出入りしていたし、レイコとサチコの姉妹にもなついていた私に否やはなかった。突然の夏休み旅行に、心は浮き立った。

　夜行列車で早朝に酒田へ着いた。島まではそこから小ぶりな木造船で二時間である。

　しかしすべてが魚くさく、まだ電気がきていなくて夜はランプをともす生活のそこは、まさに絶海の孤島の印象があった。だいたい人々がなにを喋っているのか、皆目理解できない。子どもの私にとって、それは方言というより外国語であった。

山陰の温泉場の芸者が大阪の旦那と旅行したときの話を、いつだったか早坂暁さんから聞いたことがある。昭和初期、明石あたりを走る列車の窓から淡路島の大きな影を見て、それまで生まれ育った温泉場から出たことがなかった彼女は、「旦那さん、あれ外国ですか」と真面目な顔で尋ねたのだそうだ。

その芸者は結局旦那に大いに気に入られて、のちに正式な奥さんとして迎えられたのだが、私の場合は、「外国」でのすさまじい孤絶感に耐えられず、ついに泣き出したのである。泣きながら、こんなところはいやだ、早くうちに帰りたい、とおばさんに訴えた。島へきて五日めくらいだった。情けない仕儀ではあるが、九歳の自分は、当時の日本の過剰なまでの多様さに圧倒されてしまったのだ、といまにしてわかる。

翌日の午後、私は島を去った。私の付き添いという貧乏クジを引いたのはサッちゃんであった。

その日は酒田駅前の旅館に行き、おばさんが書いた短い手紙とお金の入った封筒を渡した。さらに翌日、私たちは汽車に乗ったわけだが、サッちゃんは島を出て以来ずっと不機嫌で、ろくに口をきいてもくれなかった。

そんなわけで、サッちゃんに済まないという思いを抱きながら、私は真夏の海を眺めていたのだった。

汽車はひと駅ごとに家に近づいている。なのに心はかならずしも軽くはならない。私は、自分が夏の真ん中まで漕ぎ出したボートに似ていると思った。もうこれ以上沖へも行けず、かといって海岸に戻る力も残っていない。夏の輝かしい太陽のもとでひたすら沈黙する日本海はそのとき、おとなになることそのものへの不安を、痛切な重さをともないながら、はじめて私に実感させたのだった。

私とサッちゃんも、長いあいだ黙ったままで座席にすわりつづけていた。夕方、ようやく私の町に着いた。打ち水されて涼しげな道を歩いて家に帰ると、母は驚いて、どうしたの、といった。私は中途半端に事情を説明するしかなかった。泣いたことまではとても話せなかった。

それから私は母に命じられて、まっすぐ自分の家に入ったきりのサッちゃんを夕食に呼びに行った。静かな畳の上から起き上がりもせず、食欲がないの、と彼女はつぶやいた。二度め、今度はお盆に載せた食事を届けた。私が、ごめんね、というと、サッちゃんはとても小さな声で、うん、と答えた。そんなふうにして、一九五九（昭和三十四）年の夏は去った。

Ⅲ 「老い」という大陸

ああ、卒業旅行

「湾岸戦争で学校の旅行代理店なんかたいへんだったんだぜ」と友はいった。

「学生が卒業旅行に行かないんだ。うちだけじゃない、青山学院じゃ七割、早稲田じゃ、なんでも九割減だっていうぜ」

私は尋ねた。

「大学に代理店があるのか」

「あるさ。生協のとか、専門業者が大学の事業部と提携したやつとか」

「そうか、そういう時代なのか」

「そうだよ、そういう時代なんだよ」

私はいった。

「卒業旅行なんてのもあるの。引率したりするんじゃ大学の先生も楽じゃないね」

友は私を見た。目が笑っている。

「あんたも世事にうといねえ。学生が勝手に行くんだよ。ニタニ・ユリエがパリだかどっかへ行くようなもんさ」

「勉強に行くんじゃないんだ。たんなる記念なんだ」

「そう。だからテニスでもダイビングでもフランス料理でも、なんでもいいんだ。会社に入ってしつけられる前、子供時代の最後に花を飾ろうってわけさ」

彼は大学の先生である。筋金入りの「大学人」である。理系の学部を出てから文系へ入り直した。大学院へ行った。その途中で留学した。留学先でも学部からやり直し、大学院まで進んだ。帰国してまたもとの大学院へ戻った。アルバイトと、生活力ある奥さんの稼ぎによりかかった学園生活を切りあげたときには三十六歳になっていた。いしいひさいちの『バイトくん』に出てくる三十八歳の学生、東淀川大学雑学部のタイムカプセルと呼ばれる老学生みたいなものだ。

三十代後半でようやく学生をやめて私立大学の東洋史専任講師になった。

「まあ、イラクの砂漠に水を撒くような気がしないでもないけどな」

といいつつ、平気で私語をする明るい学生たちを相手に、中国近世史を講義した。そうこうしているうちに先年助教授に昇格した。専任の期間はまだ慣例の年限に満ちていなかったが、新設学部だから助教授以上の人数が不足していたのである。

「枯れ木も山のにぎわいってわけだが、ようやく人並みの暮らしができる」

友はそういった。

先日、彼は研修旅行という名目で学生を十人あまり中国東北部の辺境に連れて行った。中国もヨーロッパも大差ないと思っている学生たちだ。中国近世史を選択していても中国語なんかからっきし駄目だ。ぼくは街でCDをたくさん買ってきて毎日中国現代音楽を研究するつもりです、と宣言するやつがいる。中華料理は苦手ですが、毎日マックかモスバーガーで食べるから大丈夫です、とにこにこ笑うやつがいる。誰も中国の辺境の実情を知らない。そんなもの連れてったって疲れるだけじゃないかというと、友はこたえた。

「いや、これも実績になるんだよな、大学ってとこは意外と処世が難しいんだぜ、察してくれよ」

「宿舎は大学の招待所なんだが、湯なんか出るわけがない。相手は中国だぜ。水だって満足に出ないのに」と彼はいった。「風呂にも入れずトイレも流れずだ。女の子は結構がんばれるんだが、男はてんで駄目だ。三日もシャンプーしないでいると気がへんになるというんだ。春先だぜ。外は零下十度だぜ。たまに出る水で無理やりにシャンプーしてリンスする。気分はさっぱりしても、あとで風邪ひいて寝こんじゃうんだもん。東北のメシは相当まずいんだが、これもまるで食えないってのは男の子だけだった。三週間で一〇キロ近く痩せたのがいた」

　そうか、日本社会はそんなふうになっているのか。

　私がはじめて外国へ行ったのは、三十歳になるほんのちょっと前だった。外国へ行ったことはない、ダンスができない、自動車の運転ができない、三重苦じゃみっともないというので、一九七九（昭和五十四）年だったか、やはり外国へ行ったことのない友人と団体旅行にまぎれこんでフィリピンへ行った。彼は札幌まで飛行機に乗った経験があるが、私はそれさえはじめてだった。まさか吊り革があるとは思っていなかったが、シートベルトのはずしかたがわからなかった。

　マニラのホテル前にむらがるポン引きたちが心からこわかった。私たちは、アジアの貧しい女たちを金でなんとかするのは日本の知識青年の名にもとると、肩を張っていたのだ。そのかわり、寸借詐欺にあった。皮膚病にもかかった。なんとわびしい旅だっただろう。

　モンスーンの季節だったからマニラの街区は水びたしだった。私たちはズボンの裾を膝の上までまくりあげて歩いた。それから大衆食堂でイヌの肉の煮つけをさかなにサンミゲルビールを飲み、にせものとはっきりわかるサンゴのイヤリングをおみやげに買った。

　私の学生時代は一九六〇年代の終りから七〇年代の前半にかけてだった。おおげさに騒々しくて、そのくせ叩けばぼうつろな音のするような時代だった。

むろんその頃は「卒業旅行」などはなかった。しかし、当時でも私の級友たちのうち半分くらい卒業後ヨーロッパ留学をした。一フランは七十円もして、まだビックの使い捨てライターがフランスみやげになった頃である。日本もヨーロッパのように垢抜け、ヨーロッパなみの「個人主義」が確立したあかつきにはじめて「戦後」は終るのだ、と誰もが口には出さず考えていた時代である。外国語に通じれば未来は明るい、いい会社に入れるという空気におかされていた時代である。

しかし、たとえばフランス語が堪能ならフランス駐在員になるのではなく、アルジェリアに飛ばされるのだとは誰も気づきはしなかった。のちに実際にいく人かサハラ砂漠で神経衰弱になった。さらに、話すべき内容がなくてはいくら外国語が上達しても考えは熟成されない。だいたい考えの筋道が立たない。なれてもせいぜい同時通訳という技能者にすぎないのだとは思い至らなかった。

一方、私自身は一九七〇年代前半には、なにごとに対しても「断念」または「沈滞」のムードにひたっていて、外国へ行きたいなどとつゆ思わなかった。「留学」や「海外旅行」に対してシニックであったわけではなく、まして外国語上達の意味に将来を見通して懐疑的だったのでもなく、ただ胃弱で胃酸過多で食欲不振だったのである。私は東京という大都会での生活と、そこで「流行」する思想潮流とをまるで消化できずにいた。思えば、青春とは判断停止のまことに情けない状態のいいかえにすぎないのである。

級友のひとりの女性は一九七二、三年頃よくパリから手紙をくれた。彼女に対してシニックではなかったから、私はその手紙をわだかまりなく読んだ。そしてこまめに返事を書いた。しかし諸事に無気力だったから、たんにこまめであることで満足し、内容はすこぶる気のないものだった。航空書簡のスペースの半分も大きな文字で書くともう詰まった。東京の昨今の天気や咲く花のことをしるしてようやく三分の二までを埋めた。

一九七九年にようやく気力がいくらか回復し、と同時に世間体もいくらか気になるようになって、マニラへ行ったのである。翌八〇年の暮れ、ジョン・レノンが死んだ一週間後にアメリカを経て南アメリカへ行った。ひとりだった。それが私の「卒業旅行」に相当するものだったが、その四十日ほどの旅行で得た感想は、ひとは旅行しても決して賢くはならない、というすこぶる平凡なものだった。

海外旅行が自由化されたのは一九六四（昭和三十九）年四月一日である。

六四年にはいろいろなことが起こった。東京オリンピックがあり、東海道新幹線が走りはじめた。日本は「先進国」の仲間入りを果たし、相撲でいうなら再入幕したのだった。

先進国の条件とはなにか。

慢性的栄養失調者がいないこと、誰もが新聞を読む余力と能力があること、紙幣を自国で印刷し、その流通と回収と再生産が順調に行なわれること、自国語で大学教育を受けられることなどが基本だろう。しかし、室町期以来の流通機構の整備と、江戸期以来の民度の高さを誇る日本は、もとよりこの条件を満たしていた。六四年四月二十八日に創刊された「平凡パンチ」のテーマは、「セックスと自動車とメンズモード」だった。若年層の関心がこういうものに集まる、それもまた幸か不幸か資本主義先進国の条件といえるだろう。「平凡パンチ」創刊号は売価五十円である。表紙は当時多摩美大の学生だった大橋歩が描いた。

五人の青年がそこにいる。五人のうち四人は立っている。残ったひとりは左ハンドルのスポーツカーに乗っている。全員、アイビーリーガーズのスタイルである。細身みじかめのコットンパンツにボタンダウンのシャツ、やっぱり細くてみじかいネクタイを締め、やわらかな革の軽い靴をはいている。髪はとてもみじかい。それを整髪料で七・三か八・二に分けて、ぴったり固めている。分け目は定規ではかったようにまっすぐだ。ヴィレッジシンガーズという、いまならミソギをしてからでなくては恥ずかしくてとても聞けない学生演歌のグループを思い出してもらいたい。六〇年代なかばから頭の内外ともにアイビーのまま、ついに進歩とか進化という言葉とは縁がなかった加山雄三でもいい。その頃、全国の路上を石津謙介という神がさまよい歩き、VANやJUNと記された護符をばらまいていたのである。

六五年四月、ヨタハチと呼ばれたトヨタスポーツ800が売り出され、この年の七月、名神高速道路が開通した。六六年には自動車界の万世一系の平民、カローラとサニーが市場にあらわれた。「平凡パンチ」創刊号の目玉記事は、鈴鹿グランプリがらみの「ポルシェ904を追え！」と吉行淳之介の司会する座談会「デートにセックスはふくまれる?」だった。愛と自己嫌悪の一九六〇年代。アベベ・ビキラの一九六四年。そして、「!」と「?」のあふれた一九六四年。

もうひとつ先進国たる絶対の条件がある。それは為替の自由化である。

戦後長らく日本は、国際収支の不安定さを理由に貿易と為替の制限をつづけてきていたが、ついに「IMF八条国」に移行した（移行させられた）のが六四年四月一日である。これによって日本円は各種基軸通貨と交換可能な国際通貨として認知されたが、同時に、以後は国際収支がたとえ悪化しても為替制限ができなくなった。個人海外旅行を規制する根拠も自動的に失われ、自由化が行なわれたのである。

しかし実際には当時の外貨準備高はきわめて心細い状態にあったから、大蔵省は「一人年一回、持ち出し外貨五百ドル、および日本円二万円」という条件をつけざるを得なかった。

自由化後第一陣の団体旅行は、六四年四月六日、アリタリア航空のDC8で羽田を出発した。北欧西欧六か国をめぐる十七日間の旅で参加者十六人、うち十人が女性で平均年齢は六十一歳強だった。旅行経費は七十一万五千円、当時の大卒新入社員の二年分の収入総額とほぼ等しかった。

五百ドル制限は六九年、貿易収支が大幅な黒字になって七百ドルに緩和されるまでつづいた。当時は一ドル三百六十円の固定相場だったが、五百ドルが七百ドルでも中長期の個人旅行には資金不足だし、短期の観光でさえ、日本には「贈るセンベツ返すオミヤゲ」という美習があって、やはり足りない。代理店から闇ドルを買って、ネクタイの芯、靴の中敷の下、下着のあいだに隠して出国した。小田実も羽田で闇ドルの所持をとがめられたことがある。その頃「べ平連」の活動が当局の注目を引いていた。そのせいだろうか。

日本人旅行者は貧乏だった。だから各国の街の底に滞在せざるを得なかった。その結果、いまなら見えぬものを見、嗅げぬにおいを嗅ぎ、異国の街の素肌を指でなぞった。順境では味わいにくい味をたのしんだともいえる。

有名になりかけた青年作家もやっぱり貧乏だった。開高健が死ぬ一年半ほど前、編集者にこう語っている。

「(モスコーから)パリへ抜け出て、そこでやっと本格の安ぶどう酒に出くわしたんです。無銘の正宗に。当時は外貨は五〇〇ドルしか持ち出せなかったんですから、下宿も薄暗い谷間のようなところへ入るしかない。ホテルなどには泊まれない。それで学生街で一杯売りのぶどう酒を飲み出すんですが、これがうまくて。これは飲めました、五〇〇ドルでも。(……)そのパリの学生街からフランスのぶどう酒の探求が無限に始まったんですが、(……)脱酸ぶどう酒ってあるのを知ってる? (……)酒石酸をとっちゃって、酒石酸は工業用に使うんですね、アルミの製造かなんかに。パスパスのぶどう酒、これがガール・ドゥ・ノールの北駅とか、ガール・ド・レスト、東駅の界隈にある安酒場で飲ませるんですが、これはうまいですよ。胃に負担がかからないの」(「サントリー・クオータリー」第三十五号　一九九〇年)

六四年の海外旅行者は合計十二万七千七百人、前年比で二七パーセントの増加である。「ジャルパック」の発売は六五年一月、その売り文句は「日本語でも心配ありません」、「支払いはお帰りになってから月賦でどうぞ」だった。

海外旅行の前には壮行会が催された。帰国時には羽田に多数の出迎えがあり、ビールで生還を祝った。異常なスナップ写真好みが日本人観光客の特徴として世界に流布し、帰朝報告スライド映写会があり、団体参加メンバーによる「同窓会」および写真交換会も盛んに行なわれた。このことが「フエルアルバム」を普及させる動機となったのだが、思えばのどかな時代だった。

六五年にはテレビのナイトショー番組『11PM《イレブン》』がいち早く「海外ロケ」をとり入れた。小島正雄とたしか朝丘雪路が、ミュンヘンだかフランクフルトだかのビヤホールでビールを飲み、ソーセージを食べた。街を歩いて、笑いながらムービーカメラに向かって手を振った。それだけだった。たったそれだけの「海外ロケ」だった。

六九年に外貨制限額が七百ドルまで緩和されたが、海外旅行者を急激に増加させることになったのは、実はその年に導入されたバルク運賃のシステムだった。四十席を一括購入すると六割引きになる「安売りチケット」の発祥で、まず日欧間路線に適用されて、六十万円台だったヨーロッパ旅行が一挙に二十万円台までさがったのである。六九年、観光目的出国者が業務目的出国者をはじめて上まわった。この年に業務で出国したひとりにデューク東郷またの名をゴルゴ13がいるはずだ。彼はそれから二十年以上をほとんど外国で過ごし、「海外ロケ」を行ないながら業務を遂行しつづけている。冷戦が終っても失業しない彼は、不屈の職業人である。

この頃からようやく欧州で目立つようになった日本の団体旅行は一名「ハラキリ・ツアー」とも呼ばれた。旅行先の商店のレジの前でおもむろに腹をくつろげ、ラクダ色の腹巻の下から虎の子の闇ドルをとりだすからである。

ステテコにスリッパで古式ゆかしいホテルのロビーを歩いたり、「風呂と便所がいっしょなんて不潔だ、部屋をかえろ」と抗議したり、嵐のような音とともにスープをすりあげ、「こんな硬いパンが食えるか、客をなめるんじゃねえ」とフランスパンを投げつけたりする「ノーキョー」の名も欧州大陸にとどろいた。しかし彼らは、ヨーロッパ型近代に根本から懐疑的であり、そのうえ、なんと不敵にも帝国主義を恐れなかった集団であった、ともいえるのである。


一九七二（昭和四十七）年は連合赤軍の年である。彼らは前年の秋から七二年の冬にかけ、暗くて寒い山中で道に迷った。しかしこの事件は忘れたい。いっそなかったことにしたいから、一九七二年は田中角栄の年だ、といいなおすことにする。

七月五日、集中豪雨を呼ぶ雲が日本列島をおおった日、田中角栄が第六代自民党総裁に選ばれた。やり手の土建屋、つねに拡大と上昇を望みつづけて二十八歳で政界入りした実業家は、その二十五年後、ついに最高位までのぼりつめたのだった。

実のところ、彼は世界にも日本にも興味はなかった。彼は、日々の仕事を着実にこなしていく自分自身と、人事にだけ興味を持っていた。うつむいて足元を見て歩くタイプで、

「それはなんの役に立つか」「それはいくらになるか」とつねに問うて理念や理想を軽んじる、いわば、もっとも戦後日本的な人物だった。以上のような感想を、最近田中角栄の著作『私の履歴書』を批評的に読んだ結果私は持った。なんのことはない、日本人は当時もっとも自分によく似た人物を選んだのである。

一九七三年、円は変動相場制に移行した。これで円は名実ともにハードカレンシーとなった。同時に外為法が改められ、外貨の国外持ち出しの制限もとり払われて、もはや靴下のなかに闇ドルを隠す必要がなくなった。

日本人団体旅行客は空を駆けた。海外旅行はもはや大衆の娯楽だった。「眼鏡、出っ歯、カメラとカバンのタスキがけ、ＪＴＢの小旗のもと一糸乱れぬ隊列」の日本人（なんとステロタイプなイメージだろう、所詮ヨーロッパ人に東洋人の区別はつかないのだ、ヨーロッパ人の眼を借りて生きたい日本人にも、そのノーキョーのそら恐しいまでの多様さが見えないのだ）におびえたイギリス人は、ゴルフ場での団体プレーを禁じ、日本の青年たちは恥辱に頬を染めてうつむいた。

青年たちは、日本の愚民と自分とは違うということを外国でしめしたがった。具体的には、それはたとえば現地人のように「風景に溶けこむ」ことである。できれば顔かたちもかえたかったが、それはかなわぬ望みである。またかなってはならない望みであるはずなのにそうは思わず、大いに悲観した青年たちはせめて外側だけでもとりつくろいたいと、英会話を学び、両手をひろげ肩をすくめる仕草を練習した。その結果彼らが身につけたものは、端的にいうと、力道山のような、あるいはトニー谷のような英語だった。釣った魚の大きさを自慢するようなジェスチュアだった。七〇年代のはじめ、大学の講座に「観光学」というのがあった。その教程には三笠会館で洋食を食べ、「テーブルマナー」を学ぶという授業も組みこまれていたのだった。その知識は諸外国では役立つところ少だったが、日本の結婚式では効果をしめした。なんとウブな七〇年代。そして美食自慢と、テレビ画面に繁殖する植民地米語の八〇年代しかみちびけなかった、あわれな七〇年代。

団体なんて、どこの国でも似たようなものだ。ミズーリ州の農協も日本のノーキョーのように無邪気だった。東宝の「社長シリーズ」で森繁社長や加東大介部長、のり平課長や小林桂樹社員に、スキヤキを食わせろ女を世話しろ今戸焼のタヌキを買えと明るく迫った「外人バイヤー」も、たしかにアメリカ・ノーキョーのひとりだった。いまは香港の団体がそうだ。台湾や韓国の団体がそうだ。カメラの装備は彼らがいちばん、ちらかりようもいちばんである。

つまり、ひとりあたりGNP五千ドルの水準を超えたつぎの瞬間には、いかなる国だろうとこんな「団体」の出現を見るのである。それが大衆社会化ということである。日本は欧亜いずれにもかつて存在しなかった不思議な無階級社会だから、その「狼藉」の働きぶりが、いいかえれば「神」をも恐れぬ無邪気さがよけい目についたのである。そして八〇年代、日本人はあまりの無階級ぶりに飽きたから金にものをいわせすぎ、ときには芸人の娘までがその「血筋」を誇ってしまうコワい世間をつくりあげてしまったのである。「反革命」もまたこの国では流行の獲物となったのである。

日本人の大衆レベルでの大規模外国体験としては戦争がある、と当時加藤秀俊氏は書いた。かつて二百万の大衆がアジア各地に兵隊として散って世界を見物してきたが、それは決して「幸福な経験ではなかった」。しかし海外旅行の大衆化は違うと氏はいう。

〈現在の海外旅行ブームは、大衆の眼による、直接的な「世界」の発見過程なのだ。じっさいに、多くの日本人が海外に出ることによって、伝統的な外国認識の方法も、またその認識内容もかわってきているのだ。わたしは、そのことを無条件に、いいことだと思う〉

(「中央公論」一九六八年十月号)

「無条件に、いいこと」だったはずなのだが、成果はとぼしかった。そのかみの「お伊勢参り」ほどの意味はあっただろうが、「外国認識の方法」も「その認識内容」も揺るがなかった。むしろ戦後日本の世相と思想潮流の振幅を外向けに反映しただけだ、と私には思える。

かつて韓国への「妓生《キーセン》ツアー」、台湾への「小姐《シャオジェ》ツアー」が非難された。近年その声は聞こえない。これらのツアーが下火になったのは、実は非難のせいではなく、だいたいひとわたりしたから、その国の経済成長とともに料金が割高になったから、またエイズやたんに「外人」がこわいから、という即物的な理由によっていて、理念にも良心にもよらないのである。だからその後は先方から訪日営業する運びとなって、やはりこの種の産業は浜の真砂《まさご》の尽きる日までつづくのだな、とひとびとをいたく感心させたのである。

台北で消息通に聞いた。いまも小姐ツアーはすたれていない。ただし高い。飲み代やなにもかもあわせてひと晩十万円、それでも貯金してやってくる客は東北地方あたりの中青年だという。彼らは性をもとめて、というより、男女間にあり得べきいたわりと安息と悲傷、さらには執着と嫉妬などの演劇的緊張をもとめて長駆旅するらしい。すなわち日本社会の内部から溶け出してしまったなにものかを外国に、しかも嘘を承知で味わいに行く。これはいったいなんの体験だろうか。外国体験か、それとも虚構の過去への時間旅行か。

団体旅行で北朝鮮へ行った。多少不本意だったが学校の先生たちに混じった。そのひとり、私と同年配の高校教師が式典に動員された平壌の小学生たちを見て、ひと声高らかにいい放った。まったくの真顔だった。

「うん。さすがに違うね。社会主義の子供たちの眼は輝いている」

この発言はいったいなんだろう。なにかがこの二十いく年彼のなかで凍りついている。どれほど海外体験を重ねようと、彼はなにも見ず、彼にはなにも見えないのである。

テレビのクイズ番組（ばかになる、ばかになると思いつつ私はついテレビを見てしまう。そしてほんとうにばかになった）に出た学生が、なにかのきっかけで「1st food」といった。たしかにそう発音した。「ファストフード」のことである。ある雑誌の編集長は、「コンセプト」ということばが大好きだった。あるとき私にいった。「コンセプトはコンシードの名詞形で、すなわち妊娠するということからきているんですよね」

私はテレビで奇怪な英語を喋りちらす女の子を見ると顔が赤くなる。体温があがって温熱性ジンマシンが出る。テレビは愚民を映すガラス窓だとは知っていたが、植民地化を自ら望む大衆までをも生むとは七二年のあの頃、想像もしなかった。もっともこの植民地人は通俗な米語をあやつりつつ、能天気にも自分が自分を統治していると信じている、いわば「進駐大衆」である。無視と冷笑とが無意味にあらそう九〇年代。

日本人も日本も海外旅行体験ではかわらなかった。今後もかわらないだろう。私たちはかつての団体旅行を笑って、もっと誇りも実りもない個人旅行に、ゆえなく自信満々である。誰が学生を笑えるか。みーんな一視同仁「卒業旅行」じゃないか。

人の世、至るところに「団塊」あり

「団塊の世代」は四十代もなかばである。案の定、サラリーマン社会では役職が足りない。ゆえに、なかばはスポーツ新聞と小ＭＭＣと鉢植えに生きようとする。フローリングになおしたマンションの床で、日曜日にはしゃがんで綿ゴミを拾う。ローンはあと二十五年残っている。台所おじさん（おばさん）である。

残りの半分は男だてらに（女だてらに）、二十四時間働こうと「黄色と黒」のリゲインを飲む。それでも心配だから「そーれそれそれ」鉄骨飲料も飲む。

男（女）の四十代は働きざかりだ（働きざかりよ）と叫ぶ仕事好きは、高度成長極初期の「ホンコンシャツ」世代からうけついだ。日本を背負って立っているのは官じゃない民だ、民のなかでも会社だ、会社のなかでもデカい会社だ、と内心に自信がある。ついこのあいだまではペエペエの自分には関係ない、と思っていた派閥抗争も年頃だ。やってみれば、こんなにおもしろいものはない。軍団とか青年将校ということばが、バーボン・ウイスキーでほろ酔いの精神にずんずん沁みてくる。カラオケではダ・カーポの「バスが坂道を下りてくる」を歌う。こういう歌を団塊ナツメロという。歌いながらも中学校の対抗試合を思い出して、闘志は火と燃え、平和のために戦わん、という気分がいやがうえにも盛りあがる。

同時に評判も悪くなった。やればやるほど悪くなる。リゲインおじさん（おばさん）のみならず、台所おじさん（おばさん）も若年層のウケが悪い。

「団塊」は騒々しいという。「団塊」は空転しているという。小さな親切大きなお世話、奇怪で無内容な精神主義者という。

「団塊」側も若年層を不気味だという。のっぺりしている。つかみどころがない。アパシーである。

おたがいにキライだとののしりあうこと、かつての中ソ対立のようである。中ソ論争よりははるかに静かだが、たがいに思想的に相容れないと考えていること、また実態は思想というより、人種的民族的文化的嫌悪感の表出にすぎないこともよく相似している。

争いが一九六九（昭和四十四）年のようにダマンスキー島（珍宝島）武力衝突事件にまで発展しないのは、双方が軽んじあっているからである。ことを構えず見れども見えず、という態度で済ませたいのは日本の三十代二十代で、それは彼らが、いわゆる「団塊」より相対的に感情に起伏が少なく、相対的に自己本位だからだろうと思われる。ただし、感情の起伏は多い方がいいとも、自己本位が結構だともこの場合はいいにくい。それは社会風俗の色あいを決めるだけで、新しいなにものかを生みだす力にはならないと歴史は教えている。

ここで「団塊の世代」の特徴をあらためて数えあげてみよう。嫌われる理由をかきだしてみる、というべきか。

おしゃべりである。

アメリカ型民主主義の天よりきたる、そのさなかにものごころついた。アメリカ型民主主義とは小学校におけるホームルームである。なかんずくホームルームの討論を制したのは正論であり、多数決である。なにしろクラスメート五十五人か六十人かというたてこんだ教室で、はなはだしくは午前の部午後の部と分かたれた二部授業さえあった。いきおい、よく喋るものが生き残り、声の大きなものが勝つことになる。屁理屈も行く末正論につながれば、多数決の場で支持された記憶がいまに尾を曳く。

「こだわる」とか「こだわり」とかいう言葉は、長じた彼らがはやらせた。本来は頑迷さを暗示した負の言葉に、精神の座標軸の堅持または少数異見の誇示のトーンを含みこませようとした。しかし結局なんら実効を持つことがなかったのだが、それが「団塊」をとりまいた六〇年代末葉の空気だった。

「こだわり」はやがて経験の神聖化運動のジャーゴンとして使用されるようになった。あの頃は、六〇年代は、と繰り言するときのいいわけといってもいい。串ざしにされた蛙のように彼らをつらぬくものは、進歩のない進歩主義である。すなわち、アヒルの子が生まれ、眼があいてはじめて見えた動くものを母と思いこんでついて歩くようなものである。もはやアヒルの子は長じても不完全なアヒルである。

生まれてすぐ、アメリカ型民主主義を見た。少年期には、「戦後復興」のため働きづめに働く戦中派の「おとうさん」を見た。青年期に達し、年をへても人間は賢くならないことを知った。すなわち教師の大半を尊敬するに足りないと見てとった。以後は、変動を受容して、たやすく他人の影響を受ける年齢ではなくなったから、それまでの衝撃を三層のバタークリームにはさみこんだスポンジケーキと化した。爾後の経験と学習はデコレーションにすぎない。

口数多く原則論をふりかざしながらよく働く、これが「団塊」の特徴のようだが、つぶさに見ると、「仕事をやった」成果より、達成感が大切と思いがちだ。仕事そのものより仕事を「やる気」、仕事を「やった気」に価値を見い出すのである。その精神主義を若年のプラグマチストにつかれると猛然反発する。ふだんは仲のよくない「団塊」どもがよってたかって「粉砕」にかかる。兄弟牆《けいていかき》に鬩《せめ》げども、外《そと》その侮《あなど》りをふせぐ、というわけだ。六三制の教育は男女同権教育である。またはカカア天下教育である。結果、三十年後には多数の同い年結婚を生んだ。しかるに東南アジア世界を脈々と流れる観念は（実情ではなく）男権主義で、それが思想的に未整理のまま同権主義を奉じたから、ときには精神は混乱する。混乱と崩壊を逃れる手だて、あるいは妻を直視しないためのいいわけが「仕事」である。そして、いいわけをいろどるのがシニスムである。

そうでなければ、互いのわがままを最大限許容しあって、家庭に似たものを営もうとする。それは氷板で組み立てた家に等しいから、子供という熱源が出現すると溶ける。夫になっても父にはなれない（なりたくない）、妻になっても母にはなれない（なりたくない）のである。ホームルームでは親の権威と責任は教えられなかったから、ふたりとも家長にはなれない（なりたくない）のである。

その場合、空洞を家庭に似たものの中心に据えて、バランスをとろうとする。空洞は問題を無限に吸収してくれそうな穴で、日本の天皇の存在に似ているがやっぱり非で、それは通常享楽主義とも、たんにおとなのわがままとも名づけられる。ときどき、愛とよばれたりもするが、いずれにしろたんなる空洞である。

天皇制とちがって、所詮は生まれてこのかた腰のすわったことのないふたりが仮想した空洞である。じきに容量を超過して汚物が現われ、破綻は婚外恋愛として露呈する。それもまた、第二の破綻を生むだけだというのに、人間は懲りないものである。「団塊」はことさらに懲りない。あるいは懲りないふりを意地でもする。

「団塊」は活字信仰の最後尾にいる。いまだに岩波書店に入社できたらと思い、朝日新聞の論調を自分の意見とする人がいる。その一方でマンガを読み得る最前線でもある。マンガ表現の可能性を一挙に押しひろげたのはたしかにこれらの読者層ではあるのだが、青年期に発見した新しさを後生大事にする悪癖が、冷戦後も『ゴルゴ13』を連載させている。そして、時代錯誤の通俗劇をたのしむということではなんら選ぶところがないのに、『水戸黄門』や『大岡越前』を見るオトナを笑うのである。

このように固着した事大主義を内部に抱えているくせに、個性尊重をわがままの放し飼いと、自由を落ち着きのなさの許容と曲訳して身のうちにためこんでいるから、混乱は死ぬまでつづくのである。そんな親の「教育」を受けたその子、その孫となると、考えるだに恐しい。

「団塊の世代」の特徴を底意地悪く縷々《るる》並べたてた。つまるところ戦後の流行の子である。ときには赤むけになった肌が痛々しい時代の犠牲者である。相対的多数派大衆であるし、生まれあわせた時代がもたらしたその性向から、当面は日本社会をリードするかっこうになるだろうが、もともとの生まれの不運、恥じて隠そうともしない育ちの悪さを考えると、憂国の念に耐えない。内実のともなわない口先達者、社内世論操作に強引で徳性の欠けた老人団塊が二十年を待たずに出現すると思うとぞっとする。

ではおまえはどうか、そういうおまえはいったいなにものか、と問われて、ぐっと詰まらないのがいわゆるこの民主大衆であり、いかんともしがたくそのひとりであるところの私なのだ。

彼ら（私たち）を横断して鉄芯のごとく、あるいはメザシを束ねるワラのごとくにつらぬくものは、なにをいわれても自己を例外、範疇外と信じて恬《てん》としていられる神経、すなわち「エクセプト・ミーイズム」である。悪口を並べたてる相手に対して誰もが、まさにそのとおり、いい得てあざやか、とうなずく。まったく困ったもんだよなあ、と憂わしげにいう。自分のことだとはつゆ思っていないからおうようなものだ。一九四九（昭和二十四）年、戦後ベビーブームの最後から二番目の年に生まれた私も、自分のことだとは思わないからこんなことを平気で書ける。

それはさておき、私はいわゆる「団塊の世代」を、たんに数の多い年齢層とはとらえたくない。ある社会の変動期を、幸か不幸かもっとも多感な時期に経験してしまった世代というふうに考えている。

第二次世界大戦後から今日に至るまで、世界は破滅的な大波乱に見舞われることはついになかったが、至るところに小波乱はあった。小波乱とはいえ、それはひとの運命を翻弄し、ときに命を奪い、長くかわかぬ傷を精神に与えた。

とくにひどかったのは中国の場合である。中国の「団塊」は朝鮮戦争期から「大躍進」頃までに出生した。すなわち一九五〇年から一九五八年頃までだから、日本のそれより四、五歳下になる。

この頃、毛沢東はマルサスの人口論に敢然とそむいて、積極的な人口増加主義をとった。東西対立の激化から、核兵器の使用を含む第三次世界大戦は必至であると考えた毛沢東は、「中国の人口のうち半分を失っても、中国人が生き残る限り中国は滅びない」と発言した。絶対量が多ければ核惨禍による生存者数も増す。そののち敵を内陸深くおびき寄せて「人民の海」で溺れさせる。いわゆる人民戦争論である。

この世代が「プロレタリア文化大革命」の初期をになう紅衛兵になった。味方のなかに敵をさがせ、隣人にまじる敵を打倒せよ、という残酷な永久革命のスローガンによって、多くの少年たちが、友を殺し親を売った。そのおなじ少年が友に売られ、命を失ったのである。日本は同時期に「小さな文革」とも呼ぶべき価値紊乱《びんらん》を経験していたのだが、その規模は、おなじ嵐でも海洋とコップのなかくらいの差がある。

文革終了後、「傷痕文学」の読者となったのは彼らである。しかし、カリスマに指導された大衆的政治運動の恐しさを、生命を賭して味わわざるを得なかった彼らの多くは、冷徹なリアリストの三十代となって成長し、結局それには飽きたらなかった。彼らは軍に、政治機関に職場を得て、いま体制内からの改革をめざしている。それゆえ文革期にはせいぜい幼児にすぎなかった学生たちとは対立する場合もあるが、私自身は文革世代、すなわち中国の「団塊の世代」が中国の将来を決定する勢力になるだろうと考えている。

ところで、近代日本には「戦後」のそれのほかに、その規模はずっと巨大だが、もうひとつの激動期があった。それは明治維新であり、つづく民権運動である。そしてそこにもいわゆる「団塊」は存在した。

一八六二年頃から一八六七、八年すなわち維新の直前もしくはさなかに生まれたひとびとで、鷗外を最年長、透谷を最年少とする。ほかに漱石、子規、二葉亭、露伴、天心、蘇峰、重昂、愛山、熊楠《くまぐす》らの名をあげることができる。

それに先立つ世代の著名人は、河野広中、末広重恭、矢野文雄、馬場辰猪《たつい》、末松謙澄、原敬、奥宮健之、植木枝盛《えもり》ら一八五〇年代に生まれ、啓蒙主義の洗礼を受け、維新期に成長したひとびとだが、ひとりとして政治家兼業でないものはないのが奇である。

一八五〇年代生まれのグループについて、色川大吉氏はつぎのように述べている。
「かれらの多くは、この世代の代表として明治政府の官僚となるか、自由民権運動の指導者となった。かれらの青春時代は、天皇制がまだ確立せず、文明開化が進み、下からは民権運動が昂揚し、国民大衆の健康な活力がみなぎっていた。そうした時代に生きたものとして、かれらの多くは終生楽天家であり、無限進歩の信奉者でさえある」(『日本の歴史21 近代国家の出発』)

しかし、明治の「団塊」にはそのような楽天主義は感じられない。懐疑と陰翳とを特徴として、そのほとんどが官野の別にかかわらず政治を志さなかった。技芸表現学問の道にすすんだ。

彼らは思春期から青年期にかけてを自由民権運動と欧化の嵐のなかにすごした。「明治十四年の政変」で大隈重信が罷免され、このとき自由党が結成された。明治十五年には福島事件が起こり、奥宮健之らによって「車会党《しゃかいとう》」が結成されている。「車会党」は社会と人力車とをかけた。明治十七年は民権運動の最盛期または爆発期で、加波山事件、秩父事件とつづき、またいずれも未遂に終ったが、飯田事件、名古屋事件があった。明治十八年に大阪事件が起こって、やはり未遂のままに終り、一挙に退潮期へと向かう。

この時期は鹿鳴館時代でもあったが、明治二十年には井上馨の外相辞任とともに鹿鳴館の舞踏会熱も衰えた。おなじ年の十二月、保安条例によって不穏分子は東京市外に追放され、新聞紙出版条例が改訂されて、ここに欧化、国粋、自由民権の三勢力は混合してさらに大きな渦流に巻かれていくことになる。

明治における価値観の転換と激動の時代を明治十四年から明治二十年までとするなら、それは明治の「団塊」がだいたい十四歳から二十歳のときにはじまり、二十歳から二十六歳で終了したと考えられる。また、一八八一年「明治十四年の政変」を一九六七年「第一次羽田事件」、一八八七年「保安条例」を一九七二年「連合赤軍事件」にあてはめてみると、たしかに対をなしているようでもある。

むろんスケールは違うし、知識人という階層が生まれ、影響力を持ちはじめた明治後半期と、知識的大衆が大量生産された昭和後期では社会相もまったく異なる。しかし、軌跡の相似性は強い。大変動期のあとにもたらされるきしみと摩擦は、原理として普遍だから、相似するのは当然だともいえる。問題はそのきしみと摩擦がいちおうおさまったあとのことだ。現「団塊」にも二葉亭は生まれるだろうか。私たちは、漱石、鷗外、透谷のように、内省し新しい道を暗示する思想家を果たして持てるだろうか。

誰も彼もが会社に入る。そしてマネーゲームに専念する。民間に出る適性に欠けたものだけが大学に残り、大学教員になる趨勢でははなはだこころもとない。

しかし、現「団塊」も旧「団塊」のように、後世の資となるなんらかの成果を生みださなくては、せっかくこんな因果な時期に生をうけた意味も薄かろう。二十年のちに自己主張ばかりが得意な老人「団塊」となり果てるのではいかにも情けない。そういうひとは、現実にボケてもボケの社会に適応できず、平穏なボケ老人たちから、やはり嫌われているだろうと想像するべきである。

途上国の顔、先進国の顔

十一月、友人たちといっしょにバリ島へ行った。以前は外国行といえば仕事ばかりだったが、最近は遊びだ。年のせいかひとりで外国を歩き、ひとりで仕事をするのがつらくなった。もう遊びでしか行くまいと思う。それも気心の知れた友人たちと。

一九六〇年代なかば、日本がＩＭＦ八条国になると同時に海外旅行が自由化された。もはや保護貿易は許されず、外貨購入も自由化する、それが先進国化の第一歩だった。その頃、青年たちはしきりに「荒野」をめざし、海外への貧乏旅行に出掛けた。

彼らは横浜からナホトカ行の船に乗り、シベリア鉄道で北欧をめざした。当時、下層労働者が不足していたストックホルムやコペンハーゲンで半年ばかり働き、金をためて南下した。物価の安い南ヨーロッパから、さらに安い小アジアや中東へ。その先はインドにとどまるもの、東南アジアを漂流するもの、ネパールで暮らすもの、多様多彩だった。

金と勇気ときっかけとに恵まれず、日本の世間にあって浮き沈みしていた私は彼らをうらやまないではなかったが、長い放浪から帰ってきた彼らの姿は、むしろ私を失望させることが多かった。彼らはおおむね疲労していて、そのうえ安手の文芸臭を身にまとわりつかせていた。口にする言葉といえば、インドかどこかで拾ってきた精神主義めいたたわごとのほかには貧乏旅行の技術に関することばかりで、まるでガマン大会と寸借詐欺コンクールの自慢話に終始した。

ロバが荒野を遍歴してもウマになって帰ることができないように、旅は必ずしも人間をつくらないのだと思い知った。十代なら多少の効果はあるかも知れない。しかし二十代では、まして私のようにほとんど三十歳になってからはじめて外国へ行くような身の上では、旅行そのものの苦労はその人をむしばむだけである。

当時の貧乏旅行者には、結局「旅をする自分」そして「旅している自分を見ている自分」という、いわば「近代的自我」特有の自己陶酔、自己憐愍《れんびん》という病いにおかされやすい傾向があったと思う。これでは、まわりの人事風物など「見れども見えず」で、しっかりした見物、立派な物見遊山ができない。

「一聞は百見にしかず」と私は思っている。

自分の眼などはおうおうにして節穴だと経験上知っているし、最近の知識人の中国観、朝鮮観の推移をあとづければわかりやすいだろう。見たことに縛られて判断を誤まるケースは驚くほど多い。自分の非力を認識しつつ、それでもつとめてつぶさに眺め、しかるのちに専門家の考えを姿勢を正しく聞くというやりかたを心掛けながら旅してきたが、それでもどこかに〈旅＝精神修養〉という幻想が残っていたのだろう、無駄なところに力を入れすぎて大いに疲れた。もう外国など遊びでしか行くまいと思ったのはそのせいである。

東京から成田へ行く車中、向かいあわせの席だったのは二十代前半のふたりの青年である。ジーンズの軽装で、荷物は小さなリュックサックだけの彼らは、タイに行くらしかった。その話しぶりはとてもおだやかで好感が持てた。涼しげな表情で、通俗ではない美しささえ感じさせた。これが最近の青年の顔だとするなら、顔はやはり文化によってつくられるものなのだ。

いま四十なかばの私は戦後のベビーブーマーズの一員で、いわば発展途上国に生まれ、中進国に育った。そして中進国から先進国への端境期、貧乏旅行者やヒッピーを生んだ時代に青年期をすごした。

思えば、途上国段階では、日本人の顔も途上国的だった。それはしごくのんびりした顔である。あるいは、疑い深げな、ずるそうな顔である。

中進国段階では、なにやら生きているのがつらそうな顔をよく見かけた。ヒッピーの全盛期、日本の青年たちは、経済的環境の著しい向上に精神がともなわないといったふぜいの、不安な、若くして疲労しきった表情をしていた。それが、私もそのひとりである旧人の旧人たるあかしで、中年となってもその痕跡は消しようがない。

新人は、生まれながらに先進国の顔と先進国人のものごしを持っている。この顔は軍人には向かないし、経済の枠を力技で外側に押し広げることも不得手だろうが、当面の日本にはそれは不要のようだから問題はない。最近は韓国、香港、台湾にもこの顔が目立ちはじめた。いく年かして中国の都市部がさわやかな顔の青年たちに埋めつくされたとき、東アジアには新しい秩序が生まれるはずだと思う。

などということをバリ島の高級ホテルのプールサイドで考えていたとき、突然、お仕着せの愛想のいいボーイに冷たいビールのおかわりをすすめられ、にわかにどぎまぎしてしまう自分にうんざりした。

根が中進国人なのである。そして、自分はついに旧人の顔のままに老いて死ぬのだろうと、南洋の青い空をわずかに哀しみつつ、あきらめに似たすっぱい感情を味わったのだった。

明日できることは今日するな

座右の銘などない。人生はカネだ、以外のフレーズは持たないようにつとめている。ラーメン屋の壁、ラップをかけられた芸人の色紙を思い出して、なんとなく恥ずかしい。しかし、しばしば心をよぎる言葉はある。

「明日できることは今日するな」

中東だかトルコのことわざとして記憶したはずだが、おそらく世界中にあるだろう。人の気の持ちようとしては素直だから、勤勉を旨とする日本にだって、ないわけがない。

二十歳代の頃、私は意図してこの文句を口にしていた。日本人は働きものという通評を厭《いと》うところがあり、いわば反日の思いも私の内部にひそんでいた。オレは無精《ぶしょう》だから、と無精たらしくつぶやく友が男らしく見えもした。本当は不潔なだけで、その実、彼だってかなり計画性に富むタイプだったのである。のちに有名証券会社に入社して、いまではだいぶ出世したらしいが、そのときは彼の言を信じた。私はコドモだった。

しかし、いちばん大きな理由は、二十代では明日などいくらでもあり、惜しむにあたらないという思いだったろう。その売るほどもある明日を使えばなんだってできると油断していたのである。

三十代になると私は変わった。

「今日できることは明日にまわすな」

という気分になった。

これもまた自然のなりゆきだ。要するに明日たちの数が二十代より確実に減ったことが実感されたからである。

持ち時間に限りがあるとはまだ身に沁みては思えないものの、だらだらと日を過ごすのは、よほどの人物でなければ、じきに苦痛になる。寝ていたところで、いやでも目が醒める。目が醒めれば腹が減る。腹だけではなく、頭だってなにかすることをくれと騒ぐのである。つくづく人間はぜいたくな生き物だと思う。

三十五歳の悲しみ、と私は遊びで名づけたのだが、これで人生の半分は終ったなァとなんとなく感じられる朝がある。それはさびしい朝である。

そのさびしさが体の内奥でなにかを急《せ》かせる。勤勉でなにが悪い、生きていたというせめてもの痕跡をとどめたい、そんな不思議な衝動に駆られもする。

もっとも、衝撃は長い日常のなかでたやすく摩滅してしまうのだけれど、三十代なかばとはとかく前向きになりたがる年頃なのである。

では四十代ではどうかというと、再び、

「明日できることは今日するな」

になんとなく回帰する。

しかし動機は二十代と違っている。残り少ない日数を胸に、などとは大げさだが、だいたい先は見えたかという気分に甘んじがちだ。

それは、二十代にうっすらと予想していたほどには深刻でもなく悲しくもない思いである。多少の無常感くらいは抱きはするけれど、むしろひそかに納得するところがある。やれやれという感じもある。

そのうえで、明日できることは明日のためにとっておいてやろうじゃないか、と思うのである。適度な多忙さを保ちつつ中年から初老にかけての時間を送りたい、そのためにはあまり早く仕事をこなしすぎるのはよくない。過剰な熱心さはもったいない。つまりは自分への気遣い、または老年期に備えた保険である。

それにもはや、昨日とおなじ今日、今日とおなじ明日であってもいいじゃないかという気分にもなじむから、三十代の頃のようにいたずらに焦ることはない。十年前はよく働いた、まるで焼けたトタン屋根の上の猫みたいだったじゃないか、と苦笑したりもする。どうせ自分のできることはタカが知れている。起きて半畳、寝て一畳の人生、などと多少の強がりも込めて四十代は居直るそぶりも見せるのである。

ところが現実には、流しに溜まった洗いものは今夜のうちにかたづける、絶対かたづけちゃうんだぞォ、と風呂のなかで歌うようにつぶやいている。その風呂にしたところで、やっぱり今日はゼッタイ入るんだ、明日の朝にまわしちゃいかん、と自分で自分に活を入れて入ったのだった。

いい年をして、今日できることはやっぱり今日してしまおうとする。小人と評さざるを得ない。

たまには機械になりたい

あなたのストレス解消法を教えてください、と新聞記者がいった。彼は婦人家庭部の記者である。連載している小コラムの取材で内容はすこぶる気軽なものだが、一度会っておきたいからとわりあい熱心に慫慂《しょうよう》されたのだった。

ストレスはありません、と私はこたえた。仕事はときどきつらいですが。

つらければストレスはあるでしょう、と記者はいった。

つらくても、おもしろいですよ。字を書くのは大嫌いですが。なにを、どんなふうに書こうか考えるのはわりあい好きですから。おおげさにたとえると、娯楽的な地獄に日々生きているようなものです。

それに、と私はつづけた。

現代のストレスというのは、おもに人間関係からくるんでしょう。いやな課長が隣りにすわっていて、無意識に課長を避けているうちに斜頸《しゃけい》や難聴になるとか。ところが、私の仕事には難しい人間関係がありません。いやなひととはつきあわなければいい。収入が減るだけで職業を絶たれるわけではないですから。

記者は困惑の表情を浮かべた。なにかをいいかけて口ごもった。

これでは記事をつくれないだろう。私は意地悪で皮肉屋だが、意地悪をつらぬけるほどたくましくはない。いつも志なかばで挫《くじ》ける。気は思いのほか弱いのである。

ストレス解消というのではありませんが、と私はいった。似たことはあります。それは自動車の運転です。

私は話した——

たいしたことでないにしろ、始終なにかを考えている。本を読んでいる。勉強している。すべて多かれ少なかれ仕事に関係がある。それが私の生活である。ときに頭のなかが加熱する。熱が高じて厭世《えんせい》的になる。そんな場合自動車を走らせる。

多くは深夜である。目的地があるわけではない。首都高速環状線をぐるぐるとまわりつづける。環状線が退屈なら、向島線に入って深川線へと南下する。湾岸線に出て西へ走り、大井南から羽田線を東上、再び環状線に戻る。これだと首都高速一回分の料金で一周三十キロ、やりたければ何周回でも可能だ。

ただひたすら闇を切って走る。なにがおもしろいというのではないが、なにやらおもしろい。脳裡から雑念は消えている。眼はひたすら交通そのものと標識の情報を拾うことのみに没頭し、手足はそれにあわせた操作を機械的に行うばかりだが、むしろそれが快い。人車一体などとおこがましいことは決していわないが、これはいわば人間が機械の一部になる快感だとわかる。そのとき自分の肉体は、水っぽくてやわらかい電子機器にすぎなくなる。そこに知識、思想、文飾の介入する余地はみごとなほどに、ない。すなわち自分が自分である理由であり、悩みや喜びの源でもある「自意識」というやっかいなしろものから、束の間解き放たれるのである。

三十代の頃、私はもっぱらオートバイ上で、もっと素朴な機械となれた。だが、年を経るに従って、情けないことに目は弱り反射神経にわずかずつ遅滞が生じて、運転のむずかしいオートバイには自信を失った。私という機械は老化したのである。

四十歳から自動車にかえた。乗りかえて気づいたのは前方の視界のせまさと、風に混じってやってくる街のにおい、花のかおりが絶えたことである。私はかつて、そういうもので季節のうつろいを実感し、柄にもなく感傷的になっていた。道路上の弱者として神経を張りつめつづけるオートバイに較べれば、カプセルにおおわれた自動車は、風雨など自然の悪条件にさして左右されず、とても楽だ。もの足りなくもあるが、もう性能の衰えた自分には相応だとも思う——

記者はいった。

運転に熱中するのが、ストレス解消法ということですね。

彼は早々に結論づけてしまいたがっているふうだった。

熱中するのではありません。と私はいった。ただ自意識を失って機械の一部になるのです。要するにバカになることを楽しむのです。

非日常的な空間と風景を楽しむのですね。

記者はありふれた言葉でまとめたがっているようだった。

実際には風景など見てはいない。安物のレンズと時代遅れのコンピュータのような私の視界を、風景は流れ去っていくばかりだ。あくまでも私は無感動である。

ただ深夜の東京を走りながら、まれにこの大都会が廃墟のように見えるときがある。それは五十年後、日本の人口減がすすんで、東京が静かでさびしい町になり果てた姿の予知夢ではないかと思える。そんなとき私という脆弱な機械の内部に、束の間現代人の意識が戻って被虐的な喜びが神経を駆け抜けるのだが、そういう退廃的な話は新聞にはふさわしくないと思い、口にはしなかった。

天保以来の

「天保」という言葉をひさしぶりに聞いた。なに？　と仕事しながらつけっ放しのテレビ画面を見ると、「天保の大飢饉以来」だときれいな女性がいう。

米の不作をつたえるニュースである。「寒サノ夏ハオロオロアルキ」と宮沢賢治はいったが、今年（一九九三年）、その寒い夏をはじめて実感をもって体験した。

農水省による八月調査の作柄指数は、平年作を一〇〇として全国平均が九五、北日本は九〇程度だった。ところが九月になると突然全国平均指数八〇という、まさに破天荒な数字になった。戦後最悪だったのは昭和二十八年の八四だが、それをはるかに下まわって評価は「著しく不良」、むかしふうにいえば「大凶作」である。

天保の大飢饉は天保三（一八三二）年と四年に北日本を中心に襲った。奥羽では餓死者おびただしく、都市部の米価は通常の一石一両から、天保五年には二両一分まであがった。天保五年には土用中快晴つづきで米作は持ち直したが、翌六年は関東・陸奥大地震、七年には諸国に洪水あいついで大凶作となり、米価は石あたり二両三分にはねあがった。天保八年には大塩平八郎の乱が起こり、幕藩体制の屋台骨を揺るがせた。

天保は遠い遠いむかしである。私も以上のことは歴史書で調べて書いた。明治中期、すでに天保ははるかな過去の代名詞で、旧弊な年配者を「天保老人」と嘲笑したものだ、と田山花袋はいっている。

ところがこんにち、天保どころか昭和さえも、もはや遠いものになった。というのは、昭和五十五年も大冷害だったという事実をニュースで知らされてもまるで記憶がないからだ。

その年、六月上旬の気温は平年より四度も高かったが、七月が寒かった。八月は完全な冷夏で、今年とおなじく平年より最大で六度もさがった結果、全国的には「やや不良」、北日本では「不良」という作況だった、という。

それでもたしか昭和五十五年は、在庫調整だけで需要をまかないきれた。記憶のないのはそのためもあるだろう。しかしより本質的原因は、米の作柄を気にする神経がおおかたの日本人から脱落してしまったせいで、むろん私もそのひとりである。

幼い頃から、秋口には新聞の隅にその年の作柄状況が出るのは知っていた。満三歳だった昭和二十八年の記憶はさすがにないが、昭和三十年以降なら覚えている。

それは両親、とくに農家の生まれだった父親が毎年ていねいに眺めていたからで、私は何度か父親に尋ねたことがある。そのたびに彼は「今年も大丈夫だ、米は足りる」と答えた。私もなにとはなしに頼もしい気分になったものだが、毎年毎年「良」や「非常に良」がつづくと、ありがたみも薄くなり、やがて気にすることをやめた。そしてそのうち、正確には昭和四十五年だが、減反政策というものが実行され、田んぼを減らすくらいなら米不足の心配などまさに余計なおせっかい、と思うようになったのである。

「著しく不良」で戦後最低の今年でも、日本人の反応は鈍い。せいぜい主婦が買い溜めに走ったりタイ米を輸入したはいいが大量に売れ残ったくらいのものだ。

昭和四十八年末からはじまった石油ショックの記憶が私にはいまだなまなましいのは、実は紙不足のあおりをくらって失業した経験があるためだ。

当時私は駆け出しのフリーの週刊誌記者だった。怠けもののうえに気の弱い私は「赤い色のサングラスをかけるとなぜバカになるか」などという妙なタイトルの記事をつくれといわれて途方に暮れていた。週刊誌では、まずタイトルを決め、それに合うような材料を拾い集めて無理矢理にでも記事にすることがあるが、そのときがまさにそうだった。

おそるおそる東大の眼科を訪ねると、若い医者は、「そりゃあなた、赤い色のサングラスをかけるようなやつはもともとバカなんですよ」といった。

道理である。私にはおもしろいことなんか書けない。ただおろおろと時を過ごすうち締切日がやってきて、「紙不足で減ページになるし、もともと君は向いていないしな」と編集者にクビを宣告されたのである。

石油ショックのときも、主婦たちは血相をかえて洗剤とトイレットペーパーを買い溜めした。なぜそんな噂が飛び交ったものか知らないが、じきに品物は市場に出回り、彼女たちの表情はたちまち旧に復した。今度の「米騒動」もおなじ経緯をたどるだろう。

ひとは骨身に沁みた体験をしなければ、きのうのことだって天保のできごとのように思い、忘れてしまう。それがひとの性、世のことわりというものだろう。しかし同時に、日本がいつまでも豊かで、米など足りなければ輸入すればいいさ、という考えがやがて通じなくなるときもまた、満つれば欠くるのが世のならいである以上、避けがたくやってくるのだと私は思っている。

大学の先生

大学院の教授が教え子にセクハラをしたという話を、新聞をとっていない私はテレビで知った。

博士論文の指導をエサに女子学生をしつこく引き止める。あやしげな内容の手紙を連日のように送りつける。彼女の交友関係を親に告げ口する。最近はやりのストーカーの一種らしいが、大学教授がいくらなんでも、などと私は驚かない。世間もむかしほどには驚かないだろう。

古い友人やかつての同級生にも何人か大学の先生がいる。年頃からいうと助教授から教授に昇格し終った頃である。また商売柄大学の先生に会うことも多い。そのトータルな感想をいえば、普通の人が意外に少なく、普通以下の人が相当数いるということである。

仕事上で接触するのはそれなりに有名教授であるはずなのに、それでもこの世の人とは思いにくい方々が相当数混じっている。彼らならセクハラくらい平気でやりかねない。現に私も顔を出した新聞社の会合のあとで、同席した女性作家の跡をつけた東大の先生がいて、のちにだいぶ話題になった。

かつてインテリといわれ、世間からその権威を信じられていた職業は近年みなへんだ。医者しかり、弁護士しかり。バブルの地上げ王、桃源社とかの社長は慶応医学部出身の医者あがりだったし、弁護士ではオウム事件の横山なにがしというおじいさんがうつろに名をたかからしめたが、こういうのはばかばかしくもわかりやすい。

医者が余っているというのに医学部の定員減に役所が踏み切らないのは、そのあまりのレベルの低さに市場原理による自然淘汰を期待しているためである。弁護士も大学の先生もおなじことだから、やがてそうなるだろう。なにしろ日本の大学の教員は短大も含め、専任以上で十三万五千人いるそうだ。一方、旧制中学の先生は二万人だった。これは私のもっとも年長の友人で、七十歳にして大学へ再入学した人が文部省に尋ねて得た数字である。

朝鮮の元山中学から京城帝大の理科へ進んだその人は、長らく大企業の管理職だった。退職して今度は国際関係を勉強してみたいと一念を発したのである。

「私は古風な教育を受けたから、大学の先生といえば知識も人格も立派という頭があったんですが、実際にはちょっとどうかと思う人もおりますなあ。こう数が多いんでは無理もないでしょうが、以前あんたがいったように、大学の先生もつくづく大衆なんですなあ」と彼は私にこぼした。

戦後の失敗はここにある。誰もがいい会社に入りたがる。いい会社に入るには、いい学校に入らなければならない。受験勉強に意味なしとはしないが、自分の適性や才能のありかを無視して会社員や医者や弁護士や先生になりたがるから、本質的には無能な人が専門職について他人に迷惑をかける。人間関係で精神を病む人が増える。

そのうえ最近は民間会社に就職できそうもない学生が好んで大学院へ行き、やがて順番を待って大学の先生になるという悪習ができた。

これでは教えられる学生がかわいそうだ。いまの学生はおとなしいから文句もいわないが、内心はうんざりしているだろう。三十年前、いまとは逆にいたずらに騒々しかった学生たちは「専門バカ」になるなと叫んだが、それは杞憂《きゆう》だった。ごく少数の専門家と多数の「バカ」がめでたく生まれただけだった。

優秀な人を大学の先生に、などと私はいっているのではない。そういう人は、どの時代どの場所でもおなじ比率で出現するものだから心配におよばない。実際、大学の先生の三パーセントほどは学ぶに足る人である。

普通の会社では、できる人、並みの人、働かない人の割合がそれぞれ一対二対七だという。

七は、しかし、愚者とは限らない。会社員的才能を持たず、あるいは会社世界に必ずしも適応しない人も少なくなくて、彼らは会社とはべつの場所に希望を持ち生命力を注いでいる。逆にこの割合でこそ会社はつつがなく回るのであって、全員ができる会社など想像するだに恐しい。

ところが大学には、このうちの並みの人、業績はないが教えることに向いている人の割合が俗世間に較べて少なすぎるのである。その反面いったいなんの根拠があるのかむやみな自信家が多すぎるのである。

しかし、遠からぬうちに資本制社会の必然として、大学の先生も野球選手のような契約制になりかわって、大学も落ち着くべき状態に落ち着くだろう。それまでは、大学の先生にはまず偏見を持って用心深く臨めば間違いは少ない。大学の先生にしてはまともだ、と思っているうちに優れた人にもめぐりあう。要するに、旧来の減点法はもはや無効で、これからは加点法が安全だということである。

水音に埋もれる温泉場

銀山《ぎんざん》温泉は谷川のほとりにある。

銀山川が急な山の斜面を、まるで落ちるようにくだる。ようやく平地のとば口に達したかどうかというあたりだから、川の流れはいまだすばらしい速さを保っている。その清冽な水音が、谷間の温泉町全体をつつむ。

温泉街は思いのほか小ぶりだ。こんなに小さかっただろうかといぶかしむほどで、記憶などあてにならないものである。谷川の両岸、前後三百メートルほどに旅館が軒をつらね、その間に十本以上の橋が近接してかかっている。狭隘《きょうあい》なこの町では、橋そのものもまた遊歩道であり、生活空間である。

旅館街を谷の上の方に向かってはずれても橋がある。それを渡り、怖いほどの落差と水量とを誇る白銀《しろがね》滝のかたわらをすぎてしばらく歩くと、名前の由来である銀坑跡に至る。この道も、私の記憶ではもっと遠く、もっと険しかったはずだ。

延沢《のべさわ》銀山の発見は応仁の乱以前にさかのぼる。大森銀山、生野《いくの》銀山と並んで三大銀山のひとつに数えられたのは江戸初期で、最盛期には銀採掘のために二万五千人が住んだというう。しかし一六六〇年代、寛文年間には銀の産出量は著しく低下し、元禄初期というから、だいたい三百年前には廃山となった。以来温泉場として次第に知られるようになり、現在の温泉町の原型がつくられたのは一九一三（大正二）年の大洪水後である。

銀山温泉の名を私がはじめて知ったのは一九六四（昭和三十九）年のことだ。成瀬巳喜男の映画『乱れる』で、高峰秀子と加山雄三が悲恋の果てに訪れる場所としてである。

高峰秀子は酒屋に嫁いだ。夫は若死にしたが、彼女は婚家にとどまって店を切りまわしていた。スーパーマーケットの進出で下町の商店街全体が危機に瀕するなか、その古い酒屋がなんとか立ち行くのは彼女の働きのおかげである。

そんなとき、亡夫の弟が会社を辞めて戻ってくる。高峰秀子としてはその義弟・加山雄三に酒屋を経営してもらいたいのだが、彼は、働くでもなく遊ぶでもなし、はなはだはっきりしない態度だ。加山は高峰が好きなのである。そして、そのことをさりげなく彼女にうちあけるのである。

彼女は、婚家の一族を前に、自分には好きな人ができたからこの家を出て行く、と告げる。苦慮の末の決断だった。

東北の故郷に向かう夜行列車に彼女は上野駅から乗ると、なんと義弟も同乗している。彼女を追いかけてきたのである。そのことに気づいたとき、実は彼をひそかに憎からず思っていた高峰秀子の気持は、千々に乱れる。

翌日、山形県大石田の駅でふたりは途中下車する。そこからボンネットバスで着いたところが銀山温泉である。

しかし彼女にはまだためらいが残っている。それは、戦前という時代から戦後のある時期まではたしかに引き継がれていた古典的な道徳と、高度成長期的な激情の相克である。彼女は結局義弟に身を任せる覚悟ができない。その夜遅く、酒を飲みに出掛けていた加山雄三は足を滑らせ、崖から落ちて死ぬ。

高峰秀子はこのとき三十九歳で、まだ十分に美しかった。加山雄三は二十六歳、すでに若大将シリーズの、何も考えないさわやかで明るい人格としての人気が高かったが、本人はそれが不満だったのだろう、成瀬作品への出演を自身で強く希望した。そして、これ以後数年間は、まだ見られる役者でありつづけた。

『乱れる』は全部で八十九本ある成瀬巳喜男の監督作品のうち最後から四本目、晩年の作である。この五年後、成瀬巳喜男は六十三歳で死ぬ。

かつて女性映画の巨匠と謳われた成瀬も、日本では永く忘れられた存在だった。しかし、一九九〇年代には、フランスで旧作の評価がにわかに高まり、逆輸入の感じで日本でも見直されるようになった。その名前と独特の画調から「ヤルセナキオ」と異名された彼も、泉下で微苦笑していることだろう。

二十数年前、私は銀山温泉を訪れたことがある。『乱れる』とはまるで設定が異なるが、女性といっしょだった。彼女は若く、私も若かった。一九六四年の加山雄三くらいの年頃だった。

温泉場はいまよりはるかにひなびていて、人影はまばらだった。かといって、べつにヤルセナイ気分にもなりはしなかった。なのに、どういういきさつがあったものか、喧嘩をした記憶もないのに、その女性とはやがて別れた。若いときは、掌中の珠さえ気づかず握りつぶしてしまうのである。

いま五十歳に近づいて再び銀山の熱い湯に身をひたした。私は温泉町の発展ぶりに驚くとともに、すでに『乱れる』当時の高峰秀子の年齢さえこえて久しく、湯舟のなかで谷川の水音につつみこまれながら、ただ往時茫々の思いに放心するばかりであった。

ホームレスの老作家

東京都庁から京王プラザホテル側の歩道を歩いた。新宿駅西口へつづく長い長いまっすぐな道は、京王プラザをすぎたところまでは地上にあって、五月の陽光にあふれている。そこから先は突然五百メートルの長さの地下道になる。いわゆる西口地下道である。

私はそのあたりで立ちどまった。東京に暮らしていても、用がなければ新宿などなかなかこないものだ。ほとんど酒場になじみのない私はなおさらだ。ひさしぶりに眺める風景は、しかし、いっこうにかわらない。

太いコンクリートの柱が新宿駅まで何十本となくつらなって地下道をささえているのだが、柱の一本一本の根元に寄せて段ボールの家がならんでいる。屋根のあるもの、かこいだけのもの、かたちはさまざまだが大きさは一定している。ちょうどお棺の二倍くらいである。好景気のときにも、建売り住宅のように整然とあった。そして、それらホームレスたちの家は不況下のいまも健在である。

私は矢来《やらい》坂下に部屋を借りている。そこで仕事をし、生活を営んでいるが、ひとり暮らしのせいかちっとも自分の家という感じがしない。仕事の合い間にわずかにはさまるものは、いわゆる私生活ではない。どうでもいいテレビであり、味を問わない食事である。

ホームレス諸氏には少なくとも自分の家がある。私生活もまた、あの段ボールの家のなかにはありそうだ。終戦直後、獅子文六という小説家は、お茶の水橋の下に仮小屋をかけて住む人びとを駅のホームから見て、「あそこには自由がある」といった。それで『自由学校』を書いた。

私の場合は、あれはあれで苦労が多かろうと察して、決してうらやみなどしないが、余儀なくそういう立場になったら、いっそ気楽かも知れない、くらいのことは考える。

幸か不幸か、文筆業にはなくてはならぬものがひどく少ない。「事務所」など気どるための大道具にすぎない。携帯電話さえあれば、用は足りる。「文藝手帖」に電話番号のみ記してあって住所は「不定」とあれば、むしろ潔くて結構だ。

「仕事場」はファストフードの店でいい。現にいまもそうしている。大学の近くなら勉強する学生たちにまぎれて目立たない。ときどきホームレス諸氏もさめた一杯のコーヒーを前に居眠りをしておられる。資料は図書館にある。新刊本なら紀伊國屋書店にある。家賃は浮くし、よけいな物欲に惑わされることがないから、ずいぶんすがすがしい暮らしかも知れない。

むかし高級官僚いまホームレスという老人を知っている。退官間際、借金の保証人になっていた親友が倒産して行方をくらまし、多額の借金を背負った。財産を整理して返したが、奥さんは失意と心労のあまりに間もなく亡くなった。子供たちはそっぽを向いた。二十五年前に買ったマンションは残っていて住むところに困らない。しかし地上げブームのとき、不動産会社が硬軟両面の攻撃で住民を追いたてたから、百何十戸かのうち、行き場所のない老人が十人ばかりとどまっているだけで、そこはいまやなかば廃墟である。閉店後の売れ残りの食事をとり、街を歩いたあと老人は部屋に帰るのだが、部屋にはいつもホームレス仲間が何人かいる。

仲間に裏切られることはないかと尋ねると、滅多にないと答えた。たまにあっても、もともとアカの他人だから許せる、家族に裏切られるよりましだ、といった。

ホームレス生活で気をつけなくてはならないのは栄養のかたよりだそうだ。とくに野菜が足りない。ハンバーガーやドーナツばかり食べているし、酒とビールはたんとあるものだから糖尿病がこわい。

食生活に気を配り、日頃甘酸っぱい体臭をさせていなければホームレスの作家として生きられないこともない。早朝の新宿中央公園の水道で体を洗い、新宿駅のコインロッカーにはきれいなジーンズとシャツを一枚ずつしまっておく。書きあげた原稿を届けるために自転車が一台いる。ファクスで送るようになる前は原稿は編集者に手渡していたのだから、旧に復するだけである。あと必要なものといえば、原稿料を振り込んでもらう銀行口座ぐらいのものだろう。

十八歳で東京へ出て何年か、映画の最終回の上映が終ったあと、いったいどこに帰ればいいのか途方に暮れたことがいく度かある。段ボールの家並みを眺めているうち、ふと思い出した。あの頃、自由は、不安な浮遊感とともにあった。いま、中年のひとりものの自由は、妙ないいかたをするなら「底冷えするような気楽さ」とともにある。それは薄明りの老後へとつながるまっすぐな道である。

私はかすかに身震いした。そこから先は考えないことにして、私は再び駅に向かって歩き出した。

中年シングルの「忘却力」

私は四十七歳でシングルである。むかしと違い、哀れむ人はいない。自由でいいですなあ、などという。主義なんですか、ご立派ですねえ、などともいう。

主義なわけがないだろう。自由は抑圧のもとにはじめて生じるものだ。たとえば妻にかくれてこそこそと小悪を重ねるさなかに、しみじみとした解放感を味わうのである。

ひとりでいるのは多忙すぎるからである。ほんとうは女がこわいからである。たんに強いものを恐れているからである。生活の持続への忍耐力、日常との戦闘力、それから王様は裸だと見抜く能力、すべての面でとうていかなわないと思っている。

かなわぬまでも敢然と女性に立ち向かい、いわばさわやかに敗北するのが男の本分と知りつつ、根が懦弱《だじゃく》なたちでつい腰が引ける。必敗の信念が足りないのである。

ひとりで生きるのはさびしい。ふたりで暮らすのは苦しい。どちらかといえば、さびしいほうがまだがまんできそうである。要するに、ひとり暮らしは主義でも信念でもなく、まして「自由」のためなどではない、ただの逃避である。

ひとりでも暮らしていけるという機能性が大都会には備わっている。隣近所もとやかくいわない。だいたい、ひとりものの住むアパートメントには隣近所という概念がない。こういった条件に加え、たとえば十九世紀のロンドンでは植民地からの富の余剰がひとりもののの生活を保障し、探偵小説という娯楽を生んだ。夜の街路に足音を響かせて散歩する探偵ホームズも、犯罪者「切り裂きジャック」も、みなひとりものである。

江戸には植民地の富の流入はなかったが、ゆるやかに成長しつづける国内経済があった。さらに、男が多く女が少ないという人口構成比のアンバランスが独身者をあふれさせた。結婚したくてもできない男たちが巷に多ければ、間男《まおとこ》が流行する。

朱子学は武家の倫理にすぎないし、本来日本には海洋型の融通無碍《ゆうずうむげ》さの方が根深いから、市井《しせい》には現代人の想像よりはるかに多くの「不倫」があった。間男の詫び料は江戸初期には十両だった。やがて、それがよく知られている七両二分になり、後期には五両にさがった。それは贈答用黄金一枚分の値段である。一種の文化伝統だと思えば、昨今の「不倫ブーム」は驚くにはあたらない。もめるのは愛だの倦怠だのにかまけて、金で済ますルールが忘れられたからだ、などといったら叱られるだろうが。

現代男性のシングル化傾向も、実は結婚したがる女性の減少からきたっている。やはり受け身なのである。

彼女たちは、仕事のほうがおもしろいという。コドモは欲しいが夫はいらないという。職業柄接触する機会の多い編集者・記者を見ると、たしかに二十代では女性のほうが優秀だ。三十代前半でもそういえるかも知れない。さっそうとし、てきぱきとし、なにごとにつけ飲みこみが早い。これなら結婚なんかしたくなかろう。ただし四十代に近づくと疲労の色が濃くなる。日本社会が根源的にかかえているなにものかのせいだが、そのことはいまは問わない。

こういうタイプの女性が出現したのはいつ頃か。

それは日本が高度成長から低成長に転調した時期、努力目標をいちおう達成したのに次にめざすべきものが見つからないといった自失の時代、つまり第一次オイルショック後の一九七五（昭和五十）年頃からではないかと私は考えている。過食と拒食、家庭内暴力、それにオトナのアトピーと花粉症、みなこの頃はじまったのである。つけ加えると、いわゆる町おこしが盛んになり、そのかわり中進国のエネルギーを反映していた映画とボクシングが没落のきざしを見せたのも同時期だ。経済とともに人の気持がかわったのである。それは日本史上初の状況、はじめての人の気持とともに社会の温度がかわったのである。実験である。

ところで、私がいい年をしてシングルでいるのは生活上のクセ、またはまったく自慢できない「個性」のゆえだが、いいわけを含めていえば、家族の崩れと人間関係障害のストレスの深刻化など、日本社会の変質とも深いところでかかわりがある。

家族には成長があり、拡大する喜びがある。満つれば欠くのは世のならいだから、全盛には落日がしたがう。コドモが長じるとき、いずれ家族には解散がくる。

一方、ひとりものには成長期も全盛期もない。だから落日も解散もない。ひとりで生活を律した、さびしい安定のみがある。

しかし年を重ねるうち、いやな気分にもなる。中年ではシングル生活に苦を感じないが、老後を考えると気が滅入る。いまだって歯は抜ける、目は弱る。おまけに物忘れがひどくてなあ、とぼやいたら南伸坊がこういった。

「物忘れといっちゃいけない。それはね、忘却力がついた、といおう。都合の悪いことを忘れられる力、忘却力。なにごとも前向きに考えるものだよ」

なるほど。

じゃセックスの弱りは、色気に対する抵抗力か。ひとり夜半にテレビを見ながら、ついニュースキャスターをののしってしまうのは独白力の増進か。そして、そのうちめでたく失禁力もついて、完璧な自由を手に入れるというわけか。

たしかに、若さや青春を肯定的に見る傾きは近代以後のものだ。ことに戦後だ。むかしは「老」はプラスのイメージにほかならず、そこには成熟と知恵への憧れがうかがえた。社会はそれを頼りにした。いまは違う。

ひとりものでいることが生活上のクセなら、老いを毛嫌いするのも時代のクセにすぎない、そう見切ればいくらか心はなごむ。もっと忘却力をつけなくてはいかん、と自分を励ましつつ、やや頼りなさげではあるが微笑をたたえて初老シングルになりかわることも、まァできない話ではない、と思いたい。

「老い」という大陸

来年数えて百歳になるという老女はベッドにあお向けに横たわったまま身じろぎもしなかった。眼はひらかれているが、なにも見ていない。もう発語しなくなった唇はかたくとじられている。

歯がすべて朽ちたその口もとは呼吸のたびに大きく上下する。鼻孔から呼吸しているにもかかわらず口腔中の内圧の変化に忠実に反応して、大きく膨張し深く陥没するのだ。陥没したときには、ゆるんだ口もとに幾条ものしわが放射状にあらわれて、それはまったくアリジゴクの巣のように見える。

ここ数週間は元気がなく寝たきりだが、それ以前は意識は澄んで、歩行はならなくともベッド上で寝返りをうてた。いま病気の老女は膝を折り曲げ、手首も逆に返して体側につけ、こぶしをかたく握りしめている。

私はある老人病院を訪ねている。医療雑誌に依頼されたレポートを書くのである。付き添いの女性は、何度も膝を伸展させようと試みるのだが、老女は五ミリか一センチほど足元をずらせただけで、まるで伸びきらない。こぶしには両方ともガーゼのハンカチを握らせてある。そうしないと、握りしめたままの手のひらが発汗してアセモができる。

ほら、子供が眠っているみたいでしょ、と付き添いの女性がいう。歳とると赤ん坊に還るってほんとですね。

容貌は著しく異なるが、たしかに赤子のようである。私はキューブリックの映画『2001年宇宙の旅』の不思議なラストシーンを思い出している。

付き添っているひとも七十歳の老女だが、足腰も頭もしっかりしている。老衰の老女とはアカの他人である。二十四時間勤務で、病室のソファーベッドで眠り、夜半にもたびたび起きる。しもの世話がある。詰まらせたタンを吸引する仕事がある。褥瘡《じょくそう》を防ぐために、一、二時間に一度は寝返りをうたせなくてはならない。四十日そんな勤務がつづいて六日間休む。

彼女は戦後早くに寡婦《かふ》になった。定年まで会社勤めしてひとり息子を育てあげ、それから付き添いの仕事についた。いま横たわっているひとで何人目だろう、と彼女は指折って数える。八人目という答が見つかった。それから古い写真をとりだして見せ、あのひとも死んだ、このひとも亡くなったと順ぐりになぞる。いま赤ん坊のように眠っているひとの元気な頃の写真もある。車椅子に掛けている。

病人が喉をごろごろと鳴らせた。タンがつまったという合図である。

付き添いの女性は吸引器を巧みにつかってタンを吸いあげる。作業をつづけながらも、始終病人に話しかける。

ほら、もう少しですよケイちゃん。もう楽になったでしょうケイちゃん。きょうはお天気がよくていいですね、ケイちゃん。とてもいいお顔をしてますよ。

老女の名をケイという。言葉は、聞くともなしに聞いている。聞くともなしに、やはり聞いていない。どちらだかわからない。そのときどきによって違う。いまは赤ん坊に戻ってしまったけれども若い頃は美貌だった、中年から初老にかけては上品な婦人だった、と付き添う彼女がいった。

病床のひとは明治二十四年に生まれた。樋口一葉はまだ生きていた。露伴が徒歩で北海道余市《よいち》から東京をめざし、二葉亭が不機嫌そうな顔でお茶の水の聖橋を渡っていた。ケイちゃんは日清戦争には幼児で、日露戦争には思春期だった。大逆事件の頃に恋愛し、乃木将軍が自裁した頃に嫁した。

むかし私は死を恐れ、老人を嫌った。しかし、いまにして思えば私は老人を嫌ったのではなかった。人間は誰でも老いていく、その事実を強く否認したかったのである。四歳のとき、父方の祖父が死んだ。まだ六十と少しばかりなのにガンで亡くなった。暑い盛りで、遺体は手早く山の焼き場へ運ばれた。

そこは、わずかばかりの広がりのあるただの空き地である。たき木を井桁に組みあげ、棺をのせる。そして、全体を騎馬民族の天幕のようなかたちに彩色の布でおおって、着火する。見る間に炎は燃えあがり、祖父の体は一条の煙となって空に吸われた。私が記憶しているのは、炎と布との激烈な原色、そして縁者に混じってかたわらで見守る母の日傘の白い色だけである。

その後、長い年月をかけて父方と母方の祖父母が亡くなり、母が死んだ。友のいくたりかも死んだ。そんなふうにわずかずつ死に慣れていくうちに、自分もいつか中年となった。もはや自分にとっては死はやや親しいもののうちである。親しくならなくてはならないと、内心のなにかがひそかに命じているものである。以前、ひとは順番に死んだ。妙に寿命がのびると逆縁が増える。その場合、死はいつまでもたんなる恐怖にとどまる。

昭和ひと桁のひとびとはより多く死と親しんでいる。それはおもに疫痢など幼児期の感染症や若年期の結核による。

「もう少し人間の運命を年を追って調べると、昭和一桁の時代には、四〇歳までに一〇〇人のうち三八人が死亡し、五〇歳を過ぎたばかりでちょうど半数になっていた。現在の統計では、四〇歳になったとき一〇〇人のうち約四人が亡くなり、五〇歳までには七人が亡くなるというのが調査の結果である。このことは現代社会の特徴をたいへんよく表わしている。つまり昔は五〇歳になれば同じ時期に生まれた人の半分はいなくなるので、いわば長老としていろいろな役割や尊敬が期待されたが、現在の人たちは四〇歳、五〇歳になっても生まれた人の九〇パーセント以上がそのまま一緒に生きているから、現代が競争社会とかストレス社会とかいわれるのは、まさにこのような人口構成に原因があるのかもしれない」(『高齢化社会の設計』古川俊之)

そういえば、胸板が厚くて、どこにあるかわからないほど脚の短い「団塊の世代」は、うんざりするくらいそこかしこにいる。この世代では、四十歳で百人に四人がすでにない、と古川氏はかいているが、うちわけしてみると四人のうちのふたりは幼年期までに亡くなっている(たしかに一九五〇年代までは、疫痢だジフテリアだ破傷風だと感染症が恐怖の的だった)。ひとりは青年期までに事故か自殺で死んだ。残るひとりがおとなになってからの病死である。

八年ごとに死者は倍加するという統計もある。たとえば四十歳で高校のクラス会をひらいた場合、五十人のうちこの世のひとでないのはひとりだけである。生きている連中は、老けたしわが増えた太ったはげた、と互いにからかいあっている。四十八歳のクラス会にはふたりが姿を見せず、五十六歳では四人、六十四歳では八人が鬼籍に入る勘定だ。ここからは急激に出席者が減少する。七十二歳で十六人、八十歳では三十二人が姿を消して、八十八歳になると机上の計算ではひとりも出席しないことになる。

むかし、私は中年になりたくないと念じた。あんなみっともない中年男になるくらいなら（ひょっとしたら父のことをイメージしていた）、死んだほうがましだと思った。いま四十歳をすぎて中年といわれるが、別段居心地は悪くない。

それでも老人にはなりたくない。老人になるくらいなら死んだほうがましだと思っている。だが何年何十年して幸か不幸か老人になれたら、どんな気分のものだろうか。

最近私は自分の想像力を大いに疑っているから、眼前に横たわる赤ん坊と化した老女を眺めつつ思う自分の気持さえわからない。かたちにならず、ゆえに言葉にならない。ただ青年期は浮島のように頼りないが、老いは大陸のようにどっしりとして抗いがたい力を持ち、やがて私を押しつつもうと身構えている、ということだけはたしかに実感できる。

二十一世紀になったって考えることは同じ

人工衛星スプートニクがはじめて地球を周回したのは一九五七（昭和三十二）年十月で、私は小学校二年生だった。いつもちびた下駄などが流れて行く情けない小川のほとりにたたずんで、片田舎の澄んだ秋空を見上げながら私は、これからは宇宙の時代だと確信した。そして、今月の少年雑誌に出ていた懸賞に応募して、なんとか火星の土地の権利証を手に入れたいものだと思った。

その雑誌には、二十年後には人類は月に行くとあった。四十年後には火星に町をつくっているだろうとあった。とするなら、いま火星の土地を手に入れておけば、先は地主として安楽に暮らせるはずだと計算したのである。

その頃の私は、他と較べて自分が内気すぎるうえに顔だちも不細工だとすでに認めざるを得ず、ひそかに恥じつつ将来をとても不安に感じていた。しかし、それでも人間は生きていかなくてはならない。子供の悩みは思いのほか深いのである。だから、いわば緊急避難として、人類的自我の拡大に自分のそれの拡大を無理矢理にでも重ねて心をひらき、同時に生きる手だてとしての土地投機に希望を見出そうとしたのである。

それから十二年たった一九六九（昭和四十四）年、アポロ十一号は月面に到達した。そのとき私は十九歳だった。当たらなかった火星の土地の権利証を悔しく回想することはなかった。というのはもはや東京の市塵《しじん》にまみれ、その日の夕食のサバミソ定食におひたしをつけるかどうかの方がはるかに悩ましい身になり果てていたからである。それでもいくぶんかはめでたいと思い、おひたしのほかに冷ややっこも奮発して大衆食堂にひとり箸を使いながら、私は人類の偉業をひそかに、また冷静に祝ったのである。

そして現在。間もなく二十一世紀になろうというのに、あいかわらず火星は遠い。自分の境遇も、加齢のほかはさしてかわらない。

私は二十一世紀の初年には五十一歳である。その二〇〇一年の正月もサバミソやおひたしや冷ややっこで迎えるのかと思うと、多少うんざりしないでもない。しかし、途上国に生まれ、中進国に育ち、うつろな空騒ぎの先進国で人となって、落ち目の社会で老いる、といったふうに戦争以外はだいたい経験してきた身としては、もうたいしてこわいものもないから、一抹のさびしさを隠して平然を装っているだろう。

二十一世紀になったあかつきには、私は頼みの綱の国民年金を破産させないために日本経済に微力を尽くすつもりではいるが、その頃には、いわば老人の分割民営化はやはり必然の流れだろうから、「純金ファミリー証券」であれ「未常識経済」であれ、人を欺す方法を日々思案して心中に闘志を燃やしてもいるだろう。

それら営業品目に、火星の土地や冥王星の別荘の販売がおそらく入っているのは三つ子の魂が逞しく息づいているからで、要するに二十世紀の戦う子供は二十一世紀の戦う老人になるしかない、というお話である。

Ⅳ 「停滞」へのあこがれ

乱歩が最も愛した場所

乱歩の土蔵を訪ねた。

池袋・立教大学に接して乱歩邸は建つ。接しているというより、ほとんど構内かと思えるほどである。乱歩は昭和九年七月にこの家を借り、十八年間は借家住まいだったが、昭和二十七年地主からもとめられて買いとった。敷地は三〇〇坪ほど、建物は七〇坪ほどである。福島に疎開した昭和二十年の夏から晩秋にかけての一時期を除き、乱歩はちょうど二十年間この家に住んだ。

土蔵は屋敷のもっとも西側にある。十四畳ほどの広さで、二階へのぼる階段は入口の正面中央にあがり口を設け、そのまま奥方向へのぼる構造だから、二階は階段孔をとり囲むギャラリー状である。

一階は壁際すべてと階段下、二重に書棚がめぐらされている。母屋からの結節部にあたる板敷と、土蔵の北側に沿って増築した粗造りの細長い板の間にも本はびっしりと並べてある。全体で何冊くらいあるでしょう、と埒《らち》もないことを尋ねると、ご子息の平井隆太郎さんは「さあ」と首をひねった。「こうなると容積で計算するしかないでしょうな」。

数年前、荒俣宏さんがこの土蔵を見て、これは隠れ家ではなく小説の素材の倉庫、いや「頭蓋骨に覆われた乱歩の大脳そのもの」といったことがある。そして、私の目には雑然たると映じたものが、諸事分類への情熱あふれた荒俣さんには「異様な整頓ぶり」と思えたのである。

平井隆太郎さんも荒俣さんといっしょにはじめて箱を開いたという「戦前諸雑誌翻訳探偵小説随筆ガイド」は、大正から昭和にかけて訳出された海外小説をすべて「カード化し、アルファベット順に封筒におさめた索引資料」で「乱歩手製のぴっちりした紙箱にざっと見て数千件のカードがはいっていた」。荒俣さんはやはり海外小説の翻訳年表をつくったことがあり、そのときの経験から乱歩の仕事に「腰を抜かし」、「驚異だった」と書いた。

私には分類整理への野心はないが、荒俣さんの気持の一端はわかる。ことに、書庫の床に平積みされた本の上に、なにげなく置き放された「一切経索引より抜きたる現代語カード」などという箱に出会うときはその思いを強くする。このカードは他とは違って、毛筆で、かつ戦時中の物資欠乏時代の作業らしく、ありあわせの紙を切りそろえてつくられている。箱ももちろん手製、ときには積み上げられた本箱さえも、あらかじめ収納する本に合わせて乱歩自身がつくったものである。傷んだ本に紙カバーをつけて補修し、背表紙に墨文字でタイトルと著者名を記しなおしたものが多数あるが、恐るべき知識欲、嘆ずべき資料収集魔という乱歩伝説の焦点が、ここに結ばれているかのようである。

私は昭和三〇年代前半、小学校低学年の頃から乱歩の土蔵の存在は知っていた。倹約が趣味だった母親が、毎月半値になった月遅れの月刊「少年」を買ってきてくれた。そこに乱歩は『少年探偵団』ものを連載していたのだが、毎月新たに起こされるそのシリーズには、乱歩が暗い土蔵で執筆するあやしい姿の挿絵が予告文といっしょに載っていたからである。古今東西の探偵小説や怪異現象に関する資料で埋めつくされた土蔵にこもり、江戸川乱歩先生は昼でもロウソクをともして執筆される、挿絵の説明にはそうあった。

しかし実際のところ、挿絵画家の努力にもかかわらず、土蔵の薄闇に浮かんだ乱歩先生の姿はさしてこわくもなかったのである。

というのは、その頃の乱歩先生はみごとな禿頭で、こわい話を考える妖人というより、当時私が好んでいた先代の三遊亭金馬を思わせる容貌だった。書誌をひっくりかえしてみると、「少年」の二十面相シリーズは、昭和三十一年『黄金豹』、三十二年『妖人ゴング』、三十三年『夜光人間』『鉄人Q』、三十五年『電人M』、三十六年『妖星人R』、三十七年

『超人ニコラ』とあるが、これらの作品の大半は、こましゃくれた子供にはもはやおもしろいとは思えなかった。

晩年の乱歩の筆力の衰え、旧作の焼き直し、あるいは代作、さまざまな事情はあろうが、より根本的な理由は、誰もが背広姿となってその職業らしい服装というものを失ってしまった戦後の高度経済成長下の日本では、二十面相もまた「電人」や「妖星人」になりかわるしかなく、変装のたのしみ、大都会の静かであやしい魅力を地方少年に伝え得る背景を失ってしまっていた、ということだろう。

しかし、いまだに乱歩は生きている。その作品のみならず、乱歩の土蔵伝説も生命を保ちつづけている。

たしかに土蔵には多くの探偵小説があった。その多くは英語版のペーパーバックである。母屋から土蔵へつながる板敷に置かれた本棚にはびっしりと、まるで大坂城の石垣のように隙間なく並べられている。『ふくろうはまたたかない』『災厄の町』『Yの悲劇』『町でいちばんかわいい娘』『盲目の理髪師』『縛られた裸女』『死の接吻』『大いなる眠り』『夜をうろつく猫』『太陽の花嫁』、ちょっと見る限り、名作、秀作と、おそらくはGI用読み捨て小説が入り混じっているが、そこにはそれなりの、乱歩好みという整序があるといえる。

意外だったのは、探偵小説以外の書籍の数が厖大だったことである。こちらこそまさに多様、乱歩の脳細胞の触手そのものかと思われて、軽い恐怖心さえ抱かせる。

目についたところだけを書き出してみるが、多くは全集または複数巻ものである。

『日本風俗講座』『野史』『俳文学大系』『新群書類従』『国史大系』『五山文学全集』『島津義弘公記』『上田秋成全集』『日本法制史』『日本城郭史』『日本玩具史』『名将言行録』『近世狂歌史』『江戸文学研究』『人形浄瑠璃史研究』『古浄瑠璃の研究』『ゲーテ対話の書』『アッシリア学概説』『日本盲人史』『世界の映画』『日本民族伝説全集』『書目集覧』『歌舞伎細見』『歌舞伎通鑑』『康熙字典』『明治文学書目』『日本馬術史』『柿本人麿』。

文学書も、乱歩が好んだ、または影響を受けた作家たち、たとえばチェーホフ、谷崎潤一郎、ドストエフスキー、宇野浩二、中里介山など、ひととおりそろってはいるが、博物学的興味のありどころを示す、先にあげた蔵書の内容はただごとではない。

土蔵での執筆という伝説については、隆太郎さんはあっけなく否定された。

「おやじはいつも自分の部屋の寝床で、腹這いになって書いていましたよ」

昭和九年、池袋に移り住んだ当初、乱歩はたしかに机を土蔵に持ちこんだ。それは、昭和八年から一年あまり住んだ芝区車町で注文してつくらせたみごとなレリーフ入りの頑丈な机で、いまでも池袋の家の応接室に、ひとつのゆるみもなく健在である。さらに昭和九年八月、これは引越しの翌月だが、「週刊朝日」の「作家と語る」で、乱歩は土蔵内の書斎に座している姿の写真を撮らせている。見出しには「薄暗い仕事場と赤い錦絵の蒐集」とある。

それより以前、牛込区新小川町に住んでいた昭和五年、「報知新聞」紙上の「名士の家庭訪問」という記事にはこんなふうに書かれている。

〈流石《さすが》の記者も思わずたじろがずには居られなかった。というのは、時間はまだ真昼間だというのに、書斎の中は真暗で、その真暗な中に蠟燭の灯がただ一つ薄ぼんやりと点《とも》っているだけだったからである。……「僕の書斎は絶対に太陽の光線を入れないことにしています。僕は太陽の光の下では一字も原稿を書くことが出来ない人間なんです。……もっと刺激的な光が欲しい場合には、血のような真赤な電球をつけて書くことがありますよ」〉

実はこれは売薬広告の、いまでいうパブリシティ記事で、旧知の記者が表敬を装って訪問したあとで作文したものだった。いわばだまし討ちにあった乱歩ははげしい不快感をもって抗議したが、世間は乱歩をそういう人物として見たがったし、乱歩もまたこの一件は別として、のちに私が見た月刊「少年」の挿絵のごとく、あえて伝説を否定することはなかったのである。

乱歩が一度は試みた土蔵の書斎化をあきらめたのは冬場の寒さのせいである。

三キロワットの電線をわざわざ引いて大型の電気ストーブを入れ、階段の二階部分に蓋をしつらえて暖気が逃げないように工夫してみたが、それくらいではしのげなかった。昭和三十年、ちょうど還暦にあたる年には東京の冬から逃げようと一時は伊東に転居を考えたくらい寒さが苦手の乱歩だったし、家族にとっても土蔵までわざわざお茶を運ぶのは負担だったから、いかに押入れ好き、閉所好きな彼ではあっても、この土蔵の書斎化だけは実現できなかったのである。結局不要になった三キロの電線は、電車の線路を通り越した池袋の反対側に住み、空襲で家を焼かれた大下宇陀児《うだる》がバラックを建てるとき持って行った。

乱歩の大脳は、没後三十年を経ても生きつづけている。そしてその大脳は、私たちの貧弱な想像力による乱歩像を嘲笑するかのように、奥行深くかつ複雑である。

彼がもっとも興味を持ったのは「貼雑年譜《はりまぜ》」に見るように、自分の精神史・生活史だったが、彼がもっとも愛したのは、自身にさえ摑みかねる広がりを持ち、薄闇色にいろどられた土蔵、すなわち謎と可能性に満ちたおのれの脳髄であった。

「停滞」へのあこがれ

〈「お前、いい音するね」

沢庵《たくあん》のことである。

「お母さんだって、音するじゃない」

「音が違うんだよ。女は子供うむと歯が駄目になるから。お前、若いんだねえ」

さと子は、母に聞かせるように大きな音を立ててバリバリと沢庵を嚙んだ。門倉のおじさんが帰ってしまうと、母が二つ三つ老けた顔になるということは、言わずにおいた〉

(『あ・うん』)


母の名はたみである。父は水田仙吉といい、門倉はその親友である。時の舞台は昭和十年代のはじめ、だいたい六十年ほど前のことだ。

向田邦子の小説とエッセイ、あるいはその中間にあるなんとも名づけがたい文章群を何冊か読み返して、あらためてそのうまさに感じ入った。文章は古典的でいて、ひたすら平明である。平明さと尋常さとを積み上げていくうちに、得がたい陰翳が生まれる。いまさらながらに思う。私たちはまことに大きな作家を失ってしまったのである。

向田邦子は一九二九（昭和四）年に生まれ、一九八一（昭和五十六）年に不慮の事故で亡くなった。五十一年の短い生涯だった。放送作家あるいは脚本家としてのキャリアは二十年近くに及ぶが、散文家としての活動はわずか五年半にすぎなかった。

彼女の作品がみな懐しく感じられるのは、なぜだろう。

たんに戦前の家庭を描いているからではないはずだ。現在形の小説であれエッセイであれ、やはり懐しさを誘われる。そこには高度成長以前の日本の市井に息づいていた道徳、ゆかしさと気づかいを主調とした対人関係のルール、そういったものが向田邦子の精神をつらぬく細くて強靭な芯のごとく実感されるからではないか。

彼女が『あ・うん』をはじめ、家族に関する多くの書きものをした時期が一九七〇年代後半から八〇年代のはじめであることも重要である。七〇年代のなかば、いわゆる低成長時代に移って、日本の家庭は変質を完了した。

高度成長時代とは、思えば家庭にとって残酷な時代だった。この間、「民主的」「進歩的」「個人の確立」などの名のもとに家庭は痛めつけられつづけた。その結果、登校拒否、拒食と過食、家庭内暴力、それからおとなのアトピーなど、人間関係障害を主因とする現代病は、みな、この七〇年代後半の時期にあらわになっている。

それらは、家族はいても家庭はなく、親はいても父も母もいない、そんな家と家庭の本質的な崩れに関係がある。そして向田邦子の作品には、その崩れ以前の日本の家庭像がくっきりと定着されていたのだった。

「初太郎は、門倉がたみを好きなこと、たみもまた門倉を好きなことを知っていた。しかも仙吉がそれを知っていることも、よく知っていた。息子に口を利かなかったように、そのことはひとこともしゃべらず死んで行った。

おとなは、大事なことは、ひとこともしゃべらないのだ」（『あ・うん』）

初太郎は仙吉の父である。つまりさと子の祖父である。

向田邦子的世界と明治の精神、または明治の家とのつながりについてしるせ、というのが編集者の注文だった。しかし、あえて異を立てるわけではないが、向田邦子の世界を満たす空気、作品を律する一種の規範といったものの源流は、私にはもっと遠いところにあると思われる。

遠いところとは江戸であり、武家である。ことにその中級武士の家のモラルを私は考えている。

明治という時代をつくったのは実は江戸人だ。日露戦争を指導した将校たちは、みな江戸の残光を浴びて長じた人々だった。明治人が担当した時代となると、日露戦争以後、大正をへて昭和の長い戦争までだろう。

では武家の精神とはなにか。

それは、人として恥ずべきことはしないというモラルを背骨にとおし、進歩や発展とは縁なく、ひたすら現状の安定した持続を求める傾きである。ひと口にいって、停滞を望む精神である。

現実には武家も、現代よりははるかにゆるやかではあるにしろ、やむを得ず流動し成長する経済のなかを生きた。いわば米本位制を基盤とし、静止経済を旨とする武家という存在と、拡大する貨幣経済を必然的に呼びこむ江戸的社会相とは本来矛盾する。その矛盾の集積が、結局維新という革命をもたらさずにはいなかったのだが、たとえば藤沢周平はそのことを知りつつ書かず、安定した停滞の世界のみを描こうとした。

安定した停滞を志す社会には人間関係障害も生じる隙がないから、成長と拡大（拡散）に疲れた現代人に藤沢周平の小説は愛されたのである。向田邦子の読まれかたもそれに似ている。

だが、現実の家族はやがてうつろう。子供たちは成長して家を出る。祖父母は亡くなり、父母は老いる。家庭には全盛期があるが、同時に落日があり、いつか解散がある。いくら安定と停滞をめざしても、それは避けられない。

一方、ひとりものには全盛期がない。そのかわりに解散もない。日常のさびしさという代償は大いに払わなくてはならないにしろ、落日の悲しみ、解散の痛みからは自由だ。そして、一時の深い悲しみ、癒しがたい痛みを本能的に恐れるものは、慢性的なあわい悲しみと持続する弱い痛みを選択するのである。

と、そんなふうに向田邦子が生涯を独身ですごしたわけなどをあれこれ考えてみたりもするのだが、それこそいらぬお世話というものかも知れない。

小説家の部屋

私は坂口安吾のよい読者とはいえないが、その写真だけは子供の頃から見知っている。それは、林忠彦が撮った執筆中の安吾の写真である。

送られた雑誌とその封筒、反故《ほご》にした原稿用紙、投げ出された本、そういう圧倒的な量の紙ゴミに囲まれた机の前に安吾がすわり、執筆の姿勢をとってレンズをにらみつけている。その背後は垢と脂のしみこんだ万年床である。

この写真が撮られたのは昭和二十二年、安吾は下着の半袖シャツ一枚で、かたちのままの灰が折り重なった蚊取線香が見えるから、おそらくその夏である。

〈ある日、すこし早めに（蒲田・矢口渡の安吾宅に）伺うと、安吾さんが「おい、林君、俺、この間、女を拾ってきてなあ」っていう。「へえ、ぜひ紹介してください」「二階にお るから上がってみるか」〉（『カストリ時代』）

二階にいた女性が梶三千代、のちの坂口夫人である。

〈そのとき、仕事部屋のことをきいたら、

「隣の部屋だよ。だけど、この女にもまだ見せたことないんだよ」「ぜひ見せて下さいよ」

「ばか。この女にも見せたことない部屋を見せられるか」

僕は新しいカメラを持参したから何か記念撮影をしたいとしつこくいさがった。根負けした安吾さんは、「しょうがねぇなぁ」と、廊下をへだてたふすまをポッとあけた。

ああ、これは、と思った〉（『カストリ時代』）

林忠彦は仰天した。ほこりが浮きあがり、万年床の綿ははみだし、机のまわりは紙屑の山だったからだ。

林忠彦は昭和二十一年の四月末、北京から引き揚げてきた。すべてを売り払ってきたからカメラがない。友人からカメラを借りて東京中を撮影して歩いた。仕事はいくらでもあった。

「モダン日本」という雑誌の編集者をしていた吉行淳之介が林忠彦と会ったのは、少しのちの昭和二十三年夏だが、そのときの印象はこんなふうだったという。

「細身だが強靭そうな軀と彫の深い顔をもち、その鋭く削げた頰の線がしっかりした顎につづき、日本人離れした風貌で、メキシコ系のアメリカの俳優といった趣があった」（「スルメと焼酎」吉行淳之介）

坂口安吾とは昭和二十一年夏頃、銀座のバー「ルパン」で知りあった。文人がなじんだ「ルパン」では、戦前からストックしてあったサントリー・ホワイトをひとり何杯と決めて飲ませたのである。

林忠彦はこの店で、まず織田作之助を撮った。それは『昭和の写真家』（加藤哲郎）によると昭和二十一年十一月二十五日の夜である。当時珍しい革ジャンパーを着て、顔面蒼白、大阪弁でしゃべっていた織田作は、やたら咳こむ。どうも血痰らしい。それでもぐいぐい飲む。「この男はもう死ぬな、と僕は思った。それもあまり長くないかもしれないから、ぜひ今のうちに撮っておこうと思い立った」（『カストリ時代』）

しばらくすると、反対側で安吾と並んで、飲んでいた酔っぱらいが「俺のことも撮れ」としつこくからみはじめた。太宰治だった。林忠彦は、最後にたった一個残ったフラッシュバルブを使い、距離をかせぐため便所のドアをあけて便器の上に寝そべるようにして撮った。それが、酒場のスツールに足をのせた太宰の写真である。栄養失調で顔に粉を吹き、若さの力だけできわどく死から逃れた吉行淳之介にいわせれば、「ある意味で優雅な暮しを背景にもった人物の風貌姿勢」を示した、例の伝説的な写真である。織田作之助はその夜から一カ月半後に死に、太宰治は一年半後に死んだ。

クローズアップではなく、視野に周囲の状況が入る程度にはカメラを引くという、当時の文芸家のポートレートとしては変則のやりかたが、被写体に「撮られ上手」を得て限りなく文芸的になった、これら一連の写真に屁理屈をつけるとすればそういうことになるだろう。

ところで安吾の写真だが、これが小説家の部屋のイメージを世間に固定したといってもいいのではないか。惜し気もなく書き損じた原稿用紙で自分のまわりを埋めつくすという、その後の映画やテレビに出てくる小説家のイメージはここから出発していると思う。書きながら安ウイスキーでもあおれば通俗の環は完成する。

幼い頃、なにかの拍子にこの写真を見て、母が露骨に顔をしかめたことを私はよく覚えている。母は潔癖症だったから、この部屋はひどい、こうなってはいけない、とひとりごとめかしてかたわらにいた私にいい聞かせた。私も同感で、おとなになっても、こうだけはなるまい、と内心にかたく決意した。

しかし、いまあらためてこの写真を眺めると、無頼の小説家だから汚れているのではないとわかる。安吾は二年間そうじをしなかったというが、男ひとりで暮らしているところなる。つまり、たんに「生活というもののない部屋」あるいは「女のいない部屋」だということである。

いまや四十なかばの私は、この写真からまったく別の教訓を読みとるのだが、やっぱりこうだけはなるまいと思って現に自分がこうなっているのは、たんに勇気がないから、決断力に欠ける結果だから、ひそかに忸怩《じくじ》としている。そして、安吾はこののちすぐに、十六歳も若い美人といっしょになっているのだから、たとえ五十に満たない短命に終っても、さして同情する気にはなれずにいるのである。

ひさしぶりに「風立ちぬ」

軽井沢の近く信濃追分《しなのおいわけ》で、堀辰雄の奥さん、多恵子さんにお会いした。

堀辰雄は作家である。亡くなったのが昭和二十八年だから、もう四十年たつ。『風立ちぬ』というと、いまでは松田聖子の歌を思い出す人の方が多いかもしれない。もっともその歌も堀辰雄の代表作から題名を借りたようだ。

堀辰雄は、一高時代に先輩または師匠格の室生犀星や芥川龍之介を静養先に訪ねたことがきっかけで、以来毎年夏は軽井沢で過ごした。下町出身者にしてはかわっている。昭和八年、二十九歳の彼は矢野綾子という画家志望の若い娘を高原で知り、翌年婚約した。彼女は、とても鮮やかな印象の絵をかく女性だった。しかし矢野綾子は肺を患っており、翌昭和十年、八ヶ岳の山麓にある富士見高原療養所に彼女が入ると、堀辰雄も付き添ってそこで暮らした。堀辰雄自身以前喀血したとき、このサナトリウムに療養したことがあった。

昭和十年の暮れ、矢野綾子は堀辰雄に見とられて死んだが、その一連のできごとを描いた小説が『風立ちぬ』という連作小説で、昭和十三年春、多恵子さんと結婚する直前に完成した。前の恋人との物語を完成させなければ結婚はできない、と堀辰雄は考えたのである。

この小説が読まれたのは、おもに戦後である。昭和二十一年、発足して間もない角川書店の社長、角川源義の熱心な慫慂《しょうよう》で堀辰雄作品集が刊行されはじめ、これによって堀辰雄ブームが起きた。死後もその人気は衰えず、昭和二十九年には新潮社が、昭和三十八年には角川書店が、それぞれ全集を出した。

堀辰雄が青年たちに読まれたのは昭和四十五年くらいまでだろうか。昭和四十年代はじめの私の高校生時代、文芸部の女の子が彼の影響を受けた小説を同人雑誌に書いていた。私は堀辰雄にではなく、そのきれいな、少し孤高を気どった印象の女の子に興味を持ったので、「本歌」であるところの『風立ちぬ』を読んでみた。やたらに寒そうな小説だな、と思ったことは覚えている。高原やその冬が舞台になっているということ以上に、なにやら日本離れした小説家の感性に、子供ながらやや鼻白んだのである。文芸部の子の小説の方はお話にならなかった。しかし、そのことと、生意気そうできれいな女の子に抱く興味とは元来べつのものである。

奥さんの多恵子さんに会うにあたって、このたび三十年近くぶりに『風立ちぬ』その他を読み返したが、やっぱりよくわからなかった。非常に孤独な青年、というより孤独を愛した青年、というより孤独を愛さなくてはならないと確信した青年の小説だと思った。私たちが、現に生きている環境から、都市、友人、人間関係、気晴らし、家計の悩みと生活上の目標、日本あるいは日本人であることそのもの、すなわち現世を完全に捨象して、西洋わたりの近代的自我だけを残すとこういう小説になるだろう。

作品には外国小説、とくにフランス小説の影響が露骨に感じられる。コクトー、ラディゲ、モーリアック、プルーストそれからリルケ、一作ごとにその手法を借りている。

「堀辰雄はつねに真似た。だからこそこの堀辰雄を真似るのは不可能だ」

と池内紀は書いた。たしかに影響と模倣の果てに堀辰雄というオリジナルがある。彼はその意味で、ヨーロッパ的でも避暑地的でもなく、日本的な、日本近代を象徴するような作家だといえる。

書くものからだけでは想像しにくいが、彼は東京の下町、向島の彫金師の息子である。一方、多恵子さんは東京の山の手の生まれで、父親が日本郵船に勤めていたため、幼時から香港、広州と外地で育った。堀辰雄より九歳年少で、今年（一九九三年）八十歳である。現在は信濃追分の、堀辰雄記念館から十五分ほど離れた、きれいな家にひとりで住んでいる。いまでも元気で知的である。

昭和十三年に結婚して、わずか十五年の結婚生活だった。しかし、堀辰雄が仕事をしたのはその前半七年間ほどである。戦後は、結核の進行とともにほとんど寝たきりの生活となった。食糧難の時代に耐え、冬は酷寒となる追分の地で病人の面倒を見つづけたのは多恵子さんだった。

「結婚する前は虚弱な痩せっぽちだったのに、看病や畑仕事で体力がついて、こんなに太ってしまいました」

と多恵子さんはいった。下町の芸術至上主義と欧風趣味を、山の手のお嬢さんの知恵と体力が支えた。これもまた日本近代を象徴するような絵柄といえるだろうか。

堀辰雄の作品が呼び水になった軽井沢の繁栄、あるいは夏の狂躁を、彼が存命していたらどう見るだろうか。それもまた欧風趣味と日本固有文化の混合した奇妙なしろものなのである。私が一時興味を持った高校文芸部の女の子は、教師になった。若いうちに連れ合いに先立たれ、いまは教頭に昇格して、いつも紺色のスーツを着、背筋をぴんと伸ばしたこわい先生だという噂を先日聞いた。

戦前育ちの女性たち

長谷川町子は、育ちのいい、明るい人だった。同業の友人を持たず、晩年はことに家にひきこもりがちだったが、バランスのとれた常識人だった。

潔癖で真面目、現役時代はマンガの「案」につまると長時間呻吟《しんぎん》し、スルメやコンブなど消化の悪いものばかり食べつづけた。その結果、胃の五分の四を切った。同時に、短気というかあわてものでもあり、出たとこ勝負で、なるようになるさと考える楽天性も持ちあわせていた。

こういった性格は、長谷川町子だけではなく、ある種の男運の悪さをも含めて、長谷川家のひとびとが共有したものだといえた。

『サザエさん』は一九四六（昭和二十一）年、福岡の「夕刊フクニチ」ではじまった。

長谷川一家は父親の早逝後、福岡から一九三四（昭和九）年、母親に引き連れられて上京、四四年三月、再び福岡に疎開してきていた。肋膜炎に倒れて回復途上にあった六歳下の妹洋子といっしょに町子は、終戦後よく海岸を散歩した。そうしながら新連載マンガを構想したので、登場人物はみな海産物の名前になった。

その年のうちに全国紙の求人欄に「長谷川毬子さん、長谷川町子さん、仕事をたのみたく至急連絡たのみます」という東京の出版社の出した広告がのった。日本初の女流マンガ家で、すでに一九四〇年から戦時中の四二年にかけて『仲よし手帖』を「少女倶楽部」に連載していた町子はむろん、毬子も菊池寛の小説から出発して児童小説の挿絵画家として知られた存在だった。これを機に長谷川一家は再上京を決意し、「フクニチ」の連載の始末をつけるためにサザエさんを突然結婚させてハッピーエンドにもちこんだのだった。

約一年後「フクニチ」が『サザエさん』の続編を依頼し、「北海道タイムス」「名古屋タイムス」の三紙同時掲載となった。このとき長谷川町子は、いったん結婚させてしまったサザエさんの物語を収拾する手段として、サザエさんの連れあいマスオを同居させ、タラちゃんという子を加えた七人家族の家をつくりあげた。

連載再開にあたって、もはや自分でつくったサザエさんの花婿の顔さえ忘れていた長谷川町子は、わざわざ東京の「フクニチ」支社に古新聞の綴込みを見に行かなくてはならなかったのだが、それがいわば「出たとこ勝負」の苦肉の策だったからこそ、「マスオは大阪出身という設定なのに大阪弁をつかわず、マスオの実家が一度も出てこないのは、帰りたくない、または帰れない事情がマスオにあるからだ」などという「サザエさんマニア」のよけいな詮索を後年生んだのである。社告用にタラちゃんのカットをかいてわたしたところ、編集部が勝手に女の子だとうけとって、そう添え書きした。タラちゃんは結局男の子として成長するのだが、このことも研究家と称して近年猖獗したマニアたちの好餌となった。

一九四九（昭和二十四）年十二月、『サザエさん』はあらたに発行される朝日新聞夕刊に移った。五一年四月からは朝刊連載となり、以後、一九七四（昭和四十九）年二月二十一日まで通算六千四百七十七回つづいた。この間、何度か心身調整のための休載があったが、持病の胃痛が高じたせいばかりではなかった。

〈果たしてじぶんはこれでいいのか？　もっとほかに才能があるんじゃなかろうか？　だせいで生きていちゃならんぞ。まア、二年に一回くらいの周期でしんこくな迷いが生じるのです。

思いたつと、直ちに実行にうつす、軽はずみな、性格で、「あたしマンガやめたッ!!」、紙、ペン、ふで、物さし、ハケ、参考書をズタズタにして、火をつけます。

このケムリがあがるや、インディアンがのろしをみとめたごとく、家中おどってよろこびます。

だれ一人として、いさめる者はないのです。私が八の字をよせて案を考えているうしろ姿が、いやだ、と皆で叫ぶのです〉（『サザエさんうちあけ話』）

結局、半年もすると「うらしま太郎の如く」われにかえって『サザエさん』を再開するわけだが、そのくり返しが二十数年つづいた。七四年の休載も読者の眼にはいつもの小休止と映った。しかし、再び『サザエさん』が登場することはついになかった。

おどってよろこぶ「インディアン」とは、母と姉と妹である。父は一九三二（昭和七）年、町子が十二歳のときに亡くなっている。母はしばらく「泣きくらしたあげくガバとはね起き」て荷造りをはじめた。そして、三人の娘を連れ、なんと駅頭百三十余名の親類知人の讃美歌の合唱に送られて福岡から上京したのである。

姉も妹も新聞記者と結婚した。しかし姉の場合は出征前のただ一週間の花嫁で、夫はインパールからついに帰れなかった。妹の相手は東大出の経済部記者だったが、これも三十五歳の若さで病死した。残された妹と、町子の姪にあたるふたりの娘もともに住んで、女だけの家族六人、それに福岡から結婚までの行儀見習いがてらかわるがわるやってくるお手伝いさんたちの暮らしがつづいた。

長谷川町子は生涯独身でとおした。漫画家の岡部冬彦はそのわけを、町子が十七歳のときに内弟子に入った田河水泡宅で、男とはこういうものだと思ってしまったからではないか、と推測している。町子の、というより町子の背後にいる母親の影響で熱心なクリスチャンになった水泡だが、酒癖がいいとはお世辞にもいえなかったし、内弟子仲間で、のちに『あんみつ姫』をかく倉金章介も、少々変人だったからである。

町子の父は薩摩人で、三菱炭鉱の技師から独立してワイヤーロープの仕事をしていた。「ハンサムで、カンシャクもちで貧乏ゆすりのクセがあり、非常な子ぼんのう」な人だったが、「因果にも娘どもは、ハンサムは似ず短気のほうをうけつ」いだ、と町子はかいている。あるいは町子は終生、この父の面影を拭い去ることができなかったのかも知れない。

町子の死が、そのひと月後に公表されたとき、日本の各紙誌はどこでも追悼文を載せ、あるいは特集を組んだ。『サザエさん』が終了してすでに十八年あまりたつというのに、その反応は意外なほど大きかった。

樋口恵子は「サザエさんは日本の〝家〟から解放された主婦メルヘンの主人公」だと、高く評価し、サザエの弟カツオが家事労働を多く行うのは、作者が「家庭における男子の家事分担を主張しつづけている」からだと、書いた（「婦人公論」一九九二年九月号）。

樋口恵子はともかく、マンガを読解するセンスを持ち、『サザエさん』をあらためて読みとおした鶴見俊輔でさえ、「家庭内での助けあいと対等の倫理をひろく社会に適用することを求める」サザエさんの立場は「戦後民主主義が色あせずにここにあること」を示しているのだ、といった（『漫画の読者として』）。

私には、イソノ家フグタ家をあわせた『サザエさん』の一族七人は、長谷川家の母と三人の娘たち、ときには姪も含めて六人の反映と見える。つまり、サザエもカツオもワカメもナミヘイもフネも、みな実は女なのである。

サザエの行動力には姉の影が濃く、ワカメはデビュー作『仲良し手帖』の主人公である転校生にその髪型がそっくりなように（町子自身、幼い頃そんな髪型をさせられていた）作者自身をより多く反映しているが、彼らは結局長谷川家のメンバー全体であり分身であるという点で、男性の介入する余地はもとよりないのである。ゆえに、物語をリードするには幼なすぎるタラちゃんを除けば、そもそもその登場のしかたがある意味で便宜的で、かつ長谷川家の誰をも反映しない、あるいは反映できないマスオの影が薄くなるのは当然のなりゆきだろう。

『サザエさん』が「家庭における男子の家事分担」を「主張」していないのは自明として、私は『サザエさん』に「戦後民主主義」の家庭像を見ない。むしろ戦前の理想的な中流家庭を、そして「神様を信じて、まっとうに暮らせば、やもめと、みなし児の家の粉は、つきることがない」と揺るがぬ「親方神さま」で、社交的行動的な家長たる母親にひきいられた家族の、モラルと明るさとを見るのである。

泊まり客の多い家で、ある夜、客用布団だけでは足りなくなった。娘はカビ臭い毛布などをあてがわれ、大好きな花火模様の掛布団をめしあげられた。娘は不満なまま泣き寝入りしたはずだったのに、寝ぼけたのか正気なのか、夜半、客間のふすまをあけた。〈見ると、一番上のお嬢さん、つまり私が敷居のところで手をついていた。礼儀正しく一礼すると、入ってきて、

「失礼いたします」

と挨拶して、花火の掛布団をズルズルと引きずって引き上げていったというのである。父と母は恐縮して平謝りに謝り、早速客布団を追加して誂《あつら》えたそうだ〉

むかし、子供がお使いに行く姿をよく見かけた。それは、黄色くて暗い街の電気がともりかける夕方になじんだ風景だった。子供たちは、たとえば「氷を買いにゆく時は、往きはゆっくり帰りは急げ、豆腐屋はその逆で往きは急いで帰りはゆっくり」と教えられた。「親から預ったお金を落さぬように、小さい玉子や傷んだ菠薐草《ほうれんそう》を混ぜられないように、せいいっぱい注意しながら大人にまじって買物をする緊張感と晴れがましさ、ちょっぴりまじる惨めったらしさは、塾などへ通うよりよっぽど人間としての肥《こや》しになる」

いずれも向田邦子の作品である。前者は『父の詫び状』から、後者は『無名仮名人名

簿』から抜いた。

一九八一（昭和五十六）年、五十一歳の若さで事故死した向田邦子は、長谷川町子より九歳の年少だった。

その向田邦子は、執拗なまでに戦前の家庭における父と母の像を描きつづけた。長谷川町子は『サザエさんうちあけ話』以外には、自分の家のことに触れようとはしなかった。しかし、『サザエさん』や『いじわるばあさん』からおのずとにじみ出してくるものは、どこか向田邦子のそれと共通している。

それは、戦後教育でひたすら暗黒とのみ教えられた戦前という時代の、思いのほかの色彩の豊かさであり、母親が子供たちの筆箱の鉛筆を削る音だけがかすかに聞こえるような、夜の静けさである。それから戦前の中流家庭にあった、しつけと秩序とが描く鮮やかな輪郭である。

かんしゃく持ちの、しかし娘に愛された父と、信仰篤《あつ》く果断な母、彼らを家長とする家庭、いずれも日本社会が失って久しく、二度とは得られないものなのである。

戦前のモラルで家庭と社会をかきつづけることがもはやできないと感じたとき、長谷川町子は引退した。それが一九七四年、第一次石油ショックによって戦後という時代が果て、ポスト戦後と呼ぶべきなにものかにとってかわられた瞬間であるというのは、実ははなはだ象徴的なことだ。

一八九六年、すなわち樋口一葉が死んだ年に生まれた母は八十すぎまで気丈だったが、八十三歳となった一九七九年頃から「恍惚」症状を呈しはじめ、やがて娘たちの顔さえ見忘れるようになった。町子の絶筆は母親の老化とも関係がありそうな気がする。

長谷川町子は七九年に『サザエさんうちあけ話』を、八七年『サザエさん旅あるき』をかいたあとはもう二度と筆をとろうとはしなかった。

長谷川町子は一九九二年五月二十七日、積年のストレスのためか、姉よりも先に死んだ。七十二歳だった。こうして、彼女の死によって、古い時代の誇りとつつましさと大胆さとを兼ね備えた家庭が、日本からまたひとつ静かに滅びたのである。

戦争文学としての久生十蘭の二短篇

「少年」と「春雪」、久生十蘭のふたつの短篇小説は不思議な感動をよんで、いっこうに印象が薄まらないので、それについていくらか記してみる。

「少年」は昭和十九年十一月号の「新青年」に掲載された。作者肩書きに海軍報道班員とある。「春雪」は教養文庫版「久生十蘭傑作選」に採録されているが、発表年月と初出誌が省略してあるのでいつの作品か、にわかにはわからない。が、一九五〇年前後を現在形として一九四五年の春を回想する設定になっている。

「それにしても、(柚子は)十七から二十三までの大切な七年間を、戦争に追いまくられてあたふたし、(……)そうしたあげくのはて、過労と栄養失調、風邪から肺炎と、トントン拍子のうまいコースで、ろくすっぽ娘らしい楽しさも味わわず、人生という盃から、ほんの上澄みを飲んだだけで、つまらなくあの世へ行ってしまった」

姪は戦争末期の空襲のさ中に肺炎で亡くなった。絵に描いたよりも哀れな人生だと主人公は溜息混じりに悼んでいる。彼女は時代の嵐に翻弄されたあげくに、人生になんの甲斐もなかった。生きているときは可憐でも、死んでしまえば所詮無告の民草のひとりである。せめて空襲で焼き殺されなかったことだけが慰めである。

しかし主人公は、ふとしたきっかけから友人に姪の戦中の行ないを知らされる。彼女は米軍の俘虜と結婚していたというのだ。

軍需工場へ毎朝トラックで運ばれるアメリカ人青年と通勤の途中で視線をあわせた。それが発端だった。結果として俘虜と彼女を結んでやることになった友人が語る。

〈「柚子さんはトラックに乗ってくる名も国籍もしれない男に惚れて、惚れて惚れて、仕方なくなって、理でも非でもかまわない、敵であろうが味方であろうが、情のいたるところ、いかんとも忍びがたし（……）」〉

主人公は友人をなじる。自分は知らされなかった。だいいちあまりに無謀だ。自棄だ。

〈「なぜいけない？（……）最後の洞穴に立て籠って、一人になるまでやるほかないだろうといいあったことを君も忘れはしまい。なんだろうと、好きだったら結婚するがよかろう。（……）このみじめな敗戦のさ中に、そういう結婚があったら、美しかろうと思ったのさ」〉

柚子は白人青年との結婚に先だって洗礼をうけ、そのときの冷水浴がもとで肺炎になったのだ。そういえば、死者の指には飛行機用の形材でこしらえた指輪があった。非常の、いや奇跡の結婚であるから、むろん処女のままで世を去った。

一九六九年に三一書房から久生十蘭全集が刊行され、当時かなりの話題になった。が、わたしは読まなかった。怪奇小説作家と思ったことと、久生十蘭、小栗虫太郎、夢野久作を賞揚する友人たちの表情が気に入らなかったためである。彼らは若いのに通人風で、(あくまでわたしにいわせればだが)世の中多寡をくったような顔をしていた。そして十蘭の怪奇ものは傑作だぜとうそぶいた。

いま編集者の好意で幾作かをはじめて読ませてもらった。編集者は眼のいいひとらしく、どれも読みごたえがあり、二十年前に手を出さなかったことをいささか後悔した。しかし二十年前の生意気盛りには、この戦争文学はなかなか方寸におさまらなかったかも知れない。

「春雪」にしても「少年」にしても、そのつたえるものは、ひそかな意志をつらぬいて清純に死んだものの哀切さであり、また小説技巧上のたぐいまれな鮮かさである。

これは好戦文学ではなく、また反戦文学でもない。いわゆる日本精神への回帰でもない。常ならざるときにあっても意志をまげずに日常をつらぬく一個の日本人の物語であって、すぐれて得がたい戦争文学である。十蘭は滞欧生活ののちに日本を眺め直してこんな場所に到達したのである。そして、このように生きてこのように死んだひとがいる、と細心の技巧を駆使しつつ淡々と書いて後世に残したのである。

「昆虫図」「水草」「骨仏」など、皮肉で奇怪なこしらえの掌篇をほめるひとも世に多いようだが、わたしは好まない。それらは技巧が勝ちすぎていていやみがある。なによりも暗い。

十七歳の少年従兵は機銃に射たれ、水上機の翼上からサンゴ礁のぬるく澄んだ水に落ちて、静かに溺死である。駆けつけた作者に、少年はいう。

射たれてうつぶせに倒れたとき、翼外皮の破損部から組桁の骨が見えたが、ひび割れて折れていた。形材の焼入れが過ぎていたのではないだろうかと自分は思うのだが。

小説家は少年に対していう。

〈「よろしい。しかし材料以外のほかの原因は考えられないか」

「わかりません」

「では、わかるまで考えろ……お前は、わかるまで死ぬことはならん。それを解決したら死んでよろしい」

「はい、考えます」〉

少年従兵は解答を見つける前に息絶えた。かたわらにたたずむ十蘭の姿が遠く南洋の砂上に見えるようで、この場合も巻をおいてしばらくは声もない。

山田風太郎日記を読む

山田風太郎は昭和十七年八月下旬、単身上京した。二十歳の夏だった。

父はすでに五歳のとき失っている。十四歳で母にも死なれた彼は、親戚の家を転々として思春期をすごさなくてはならなかった。旧制中学を卒業して高等学校を受験したが、どこも駄目だった。学力不足ではない。「内心に暴風雨が吹きすさんだような」中学生時代、反抗の度が過ぎて教練の修了証が貰えなかったせいである。

亡父も医者だった。なりたいと強く望んだわけではないが、なにか職を持たなければひとりで生きてはいけない。働きながら医学校をめざそうと沖電気に勤めた。入社のとき月給はいくら欲しいかと問われ、四十円と答えたら面接の席の重役たちが笑った。五反田で借りた部屋代が十円、月に三十円もあれば食えると思ったのだが、戦時インフレと「闇価格」のことを、この田舎出の青年は勘定に入れていなかったのである。

とにかく、東京での生活がはじまった。

商店にある品物は日ごとに減る。ことに新刊本など絶えて見ない。ある日、店先にめずらしく新刊が積みあげてあるではないか、と思ったら日記帳だった。一冊買って気まぐれに書きはじめた。昭和十七年十一月二十五日のことである。

その年の大みそか、ものすごいばかりの夕映えのなかを歩いて帰り、『孔孟思想講話』を読んだ。こんな静かな、さびしい暮れは生まれてはじめてである。彼は日記にこう記した。

「昭和十七年よ、永遠にさようなら。日本民族にとっては、不滅の輝かしい追憶を以て憧憬させるであろう偉大な年だった。が、二十一歳という自分の年よ。輝かしかるべき青春の一年にも拘わらず、何という惨めな――今の自分は敢ていう――何という惨めな年だったろう」

昭和十八年一月三十一日、東京に初雪が降った。但馬の山間の雪に較ぶべくもない淡雪である。なのに大気は凍りつく。

その夜、会社の同僚と食事をした。まずカレー丼、それから別の店でおかず三品と丼飯二杯、お汁粉屋でお汁粉とあんみつと安倍川、最後に鮨屋に入った。体重五十キロに満たない青年がこれだけ食べるのである。食糧事情悪化といわれればいわれるほど食欲は異常に増進するのである。

昭和十八年三月末、希望も目的も茫漠としている。唇に笑いは浮かばない。かといって絶望しているわけでもない。ひたすら食べる、そしてむさぼり読む。それのみに精力を費しつづける。

こころみに上京以来七カ月で読んだ本、百二十冊あまりを書き出してみた。

ルソー、ボッカチオ、ユーゴー、ダンテ、モーパッサン、ヴァン・ダイン、シェークスピア、紅葉、一葉、龍之介、鏡花、鷗外、子規、蘇峰、馬琴、西鶴、徂徠、白石、京伝。それから直木三十五、大佛次郎、江戸川乱歩。まさに濫読、まさに飢餓である。

この日記は昭和四十八年、『滅失への青春』と題して刊行された。名高い『戦中派不戦日記』は医学生山田風太郎の昭和二十年まる一年間の日記だが、こちらは昭和十七年晩秋から昭和十九年いっぱいまでを記録して、約千枚分ある。

その単行本の「あとがき」にいう。

「思えば、この日記につづく翌二十年の空襲は、いわば日本の外科的拷問であり、それ以前の餓えは内科的苦痛であった。そしていまになってみれば、外科の傷より内科の病いのほうがあとまで長くたたったような気がする」

「かえりみればこの三年間の暗澹ぶりは、決して二十年に劣らない。昭和二十年は天地逆転のドラマチックなところがあるが、それ以前は、ただ鉛色の曇天の下で、いつ終るとも知れない無限の苦役に従事していたような気がする」

昭和十九年、赤紙がきた。山田青年を信じきれない叔父は、わざわざ上京して姫路にともなう。

大正十一年生まれはもっとも戦死者の多かった世代である。山田風太郎の中学の同級生の三分の一は戦死した。しかるに彼は、なんという天の配剤か、急性肋膜炎を発症していて即日帰郷となった。皮肉なことに、東京での栄養不良と過労の生活が、彼の命を永らえさせたのである。

同じ年の三月、彼は東京医専に入った。入学金は叔父が出してくれた。ただし、亡父の残した屋敷の名義と交換というかたちである。両親が残してくれたものは、ただその痩せた肉体と豊かな頭脳のみとなった。

日本の敗色が濃いことは、異常な物不足を見れば誰でもたやすく察せられる。レンズで日光を集めて煙草に火をつけるようではもういけない。死を恐れはしないが、おなじ夢ばかり見る。笑いながら、歌いながら、飛ぶ飛行機の翼に腰を掛けていた青年たちが落ちる。地上でぐしゃりと潰れる。彼らは級友であり、それから自分である。

昭和十九年十二月三十一日、日本列島は大雪だった。

「大晦日、一片の色彩も美音もあらず、管制にて闇黒なる都に、むなしき木枯しの風のみ吹く」

　ほかになにもない、ただ知力と想像力とで戦後を生き抜いた作家は、ほぼ三十年ぶりにこの日記を読み返し、予期したような嫌悪感は持たなかった。むしろ「感心した」。ときが流れ、客観的に「あの時代」と「あの時代に生きた自分」を眺めることができるようになったためだろう。

　彼は書いた。

「この暗澹たる青春の底で夢想した幻影――平和と豊かさ、そのそこばくを思いがけず得た瞬間から、おそらく私は退歩しはじめたのである。そして、決してかえりみて他をいうわけではないけれど、そういう滅失への歩みは、同年輩の人々の大半が味わわれたのではあるまいか」

「滅失」とは「あの時代」にではなく、むしろ「戦後」にあった、そうこの鬼才はいうのである。

　単行本として八百部しか売れなかったこの日記こそ、実は山田風太郎の作品群中、もっとも恐しい魅力に満ちた作品だと私は思っている。

『何でも見てやろう』から三十年

ヤスイヨ、カラオケアルヨだけではない。アジアに商業あれば そこに日本語あり、それが実情である。つい先日イスタンブールを訪ねた女性は、チキューノアルキカタオネーサンと大道の物売りに呼びとめられたそうだ。彼女は、その学生向けのガイドブックを小脇に抱えていた。あんまり実用的じゃないからもうやめようって思うんだけど、旅行に出るとなるとついね、不安で買っちゃう、三十なかばの彼女は苦笑しつつそういった。

『地球の歩き方』は、一九六〇年代、放浪するアメリカ人青年をそれで識別できた『一日五ドル世界旅行』のように、いまや日本人を見分けるよすがになっている。一九五九(昭和三十四)年の秋から一九六〇年四月までフルブライト基金による留学先だったアメリカから西ヨーロッパへ、そして南欧、北アフリカ、イラン、インドと帰国途上に長旅した小田実は、当時のアメリカ人青年の『一日五ドル世界旅行』への信頼ぶりを、ひとりとして持たずに旅するものはなし、と『何でも見てやろう』に書いている。

もっとも当の小田実の旅の予算は一日一ドルだった。その頃は一ドル三百六十円の固定相場だったが、初任給を一万二千円、一九九〇年代のそれの十五分の一と荒っぽく考えると、現在的価値で一日五千四百円ということになる。一九六〇年、日本のGNPは約十六兆円とひとりあたりGNP十七万円、ドルにして四百七十ドル、ようやくギリシャ、キューバ並みになったと朝日新聞に出た記事をいまもあざやかにおぼえている。

五千四百円もあればカルカッタで路上生活者に混じって寝るほどでもなかろうとも思えるが、小田実は当時の一ドルには当時の百円の購買力があったと書いている。ならば一ドルの感覚は現在の千五百円ほどで、初任給の推移から想像した価値とは三倍半の格差がある。この幅のなかにその後の日本の経済成長の成果が隠されている。ゆえに、小田の旅行は一日千五百円の旅と思うべきだろう。

そのうえ日本はその頃ビザ相互免除協定を結んでおらず（結んでもらえず）、入国ビザの発行料を至るところで払わなければならなかった。小田自身は「ビザを買う」と表現しているが、その値段は五ドルから十ドル、一ドル千五百円の感覚でも七千五百円から一万五千円、これは相当に高い。

『何でも見てやろう』は一九六一（昭和三十六）年二月に河出書房新社から発売された。表紙は、いわゆる「第三世界」の母と子のおびえた表情のスナップ写真、九百枚分の原稿用紙の内容が詰まった無愛想な印象の本だが、売れた。

「ひとつ、アメリカへ行ってやろう、と私は思った。三年前の秋のことである。理由はしごく簡単であった。私はアメリカを見たくなったのである。要するに、ただそれだけのことであった」

こういう大胆な書きかたが好まれたのである。戦後十六年、西欧文明に対する自己嫌悪と敗北感に悩まされ、二度と外国へなど国家としても個人としても行くまいと決意し、営々と身のまわりを整える努力のみをつづけてきた日本人にはきわめて新鮮だっただろうと想像できる。

実はわが家にも一冊あった。普段新聞以外にまったくものを読まない母が買ってきたのである。私は小学校五年生でこの本を数ページ読んでみたが、あまりの活字量にうんざりして投げた。母もやはり読みとおさなかった。父は、なにゆえにかこの本を嫌って自分の書棚には加えなかった。そうこうしているうちに、いつの間にか家のなかから溶けるように『何でも見てやろう』は消えた。

小田実は西アジア、南アジア、東南アジアと六カ月間まわって帰国した二日後、床屋に行った。

〈私のものすごい頭にヘキエキした床屋は、最初に先ず頭を水道の蛇口につけて、アジア各地で付着したにちがいないありとあらゆる病原菌を洗い流すという異例の処置をとった。「いったい、この前はいつ刈ったんですか？」感にたえたように彼は訊ねた。「一月半前」と答えてから、「カイロで」と私は何気なくつけ加えた。よく聞きとれなかったらしく、彼はどうかんちがいしたのか、「だんなも九州旅行ですか」と、えらくトンチンカンなことを言った〉

小田実は笑った。笑ったあとで、自分にとって二年間の世界旅行もそんなものだったのかもしれない、と思った。いや、そう思うべきだ、と考えた。

帰国当初、小田実は疲労していた。日本社会は六〇年安保の不思議な高揚と、六〇年七月以降の不思議な虚脱のなかにあった。おそらく一九六〇年の末、井出孫六はアジア・アフリカ作家会議の会場で小田実に会った。

「後年のべ平連の小田実からは想像もつかぬほどおずおずと手持無沙汰なおももちで、彼は会場の片隅に立っていた。洋服もろとも疲労の塊りであるような小田さんの風情には、まだ中近東やインドの貧民窟でしみこんだ匂いがぬけきっていないようにも感じられた。留守中の国内の激しい政治状況の変化に戸惑っている風でもあったが、ぎらぎらした目にだけは明日に向けられた視線がたたえられているようにも思われた」

小田実は、その大阪弁文体ゆえに読者に持たれた豪放な印象とは異なって、はるかに繊細であり、疲れてもいた。彼は、自分の旅を「九州旅行」のようなものである、そう思うべきだ、と考えたあとでも、ヨーロッパとアジアのあまりの落差を回想するとき、やはりそれは「九州旅行」ではなかったと苦く確認せざるを得ないのだった。

「たとえばカイロから東京までの間に、私の軽やかな足は、どれほどの重苦しいもののなかをつきぬけて来たことであろう。私はそうも思い、ニューヨークとコペンハーゲンとカルカッタの街景を同時におもい浮かべた。

感無量というのではなかった。しかし、やはりハラにこたえた」

このたびはじめて『何でも見てやろう』を読んで感じたのは、その清新さである。ひとりあたりGNP四百七十ドル、極東の中進国の一青年の、祖国と祖国の文化が生んだ自分という個性への矜持《きょうじ》の高さである。また東アジア人としては大きな体軀と大阪弁的な英語を武器とした、その行動力である。同時に、南アジアで見た貧困と無感動の巨大な広がりに圧倒され、うちのめされた神経質な青年の困惑と悲しみである。それらすべてがここにはある。そしてそれは五〇年代を生きた知識的な青年たちの誰にも共通するものであった。

なにをどうとり違えたものか、その後の日本は、『何でも見てやろう』に向日性と好奇性、そしていわゆる行動力のみを見い出して、青年の困惑と悲しみの部分を忘れ去った。

この本の出版された前年、ミッキー安川の『ふうらい坊留学記』が出される。さらに翌年暮れには堀江謙一の『太平洋ひとりぼっち』が刊行されていずれもベストセラーになる。五・八メートルの小型ヨットで太平洋を横断した堀江謙一は、英語とアメリカ事情を知るために『英語に強くなる本』と『ふうらい坊留学記』を持参した。彼は『何でも見てやろう』を読まなかった。六五年に外貨の持出し制限が大幅に緩和されると、六七年、世界に対して恐れを抱かぬことをよそおった『青年は荒野をめざす』の五木寛之が登場した。

『何でも見てやろう』は、その文体と表面上の態度とはべつに、実は鷗外の『舞姫』や漱石の『倫敦塔《ロンドン》』を正統につぐ、西欧文明への違和を、あるいは日本と日本人の孤独を表現しようとした本であるという事実は、「洋服もろとも疲労の塊りであるような小田さんの風情」とともにやがて置き去りにされた。その他の外国道中記とともに、西欧文明への同化の手引き、あるいは『地球の歩き方』の元祖として、つまり旅行の技術書としてのみ記憶されることになった。

小田実はその後も長くヒッピーの神として、貧乏旅行の先達として、あるいは「豪傑」としてあつかわれた。誰もが彼の疲労と「ハラにこたえた」感覚を問題にしなかった。また小田自身もそのようにふるまって三十年の時が流れた。そこにこの作品と作家の不運があった。

人よりも空、語よりも黙

床屋で髪を刈る。胸と膝に掛けられた布に散った髪を見ると、自分も年だなあとつくづく思う。だいぶ白髪《しらが》が混じっている。むかしは海苔《のり》製品の広告につかえるほど黒くて太い髪だったのに、いまは色薄くこころなしか細い。

となりの椅子では理髪師と客が、近所の印刷屋の社長の死について話している。

「五十四だって？　若いねえ」

「病院嫌いでさ、声が出なくなってからやっと東大病院へ行ったら、喉頭ガンでさ、すぐ入院ていわれたんだって」

「転移してたんだ」

「もうそこら中。入院して十日で死んじゃったよ」

客と主人は淡々と話す。ふたりとも死んだ男と同年輩である。

この店の主人は、ひと月に一回、平日の午後店に入ってくる私に、いつも「夜勤ですか」と尋ねる。近所に大日本印刷の巨大な工場がある。大日本印刷を無数の中小印刷会社と製本会社、いくらかの商店とマンションがとりかこんでいる町である。主人は、背広も着ず、昼ひなかに出没する私を大日本の夜勤印刷工か配送係だと信じている。尋ねられた私は、会社ではなく工場でもないが夜勤には違いないから、「ええ、まァ」と答える。そういう問答をもう五年も月一回ずつくり返している。

石川啄木は、明治四十二年には満二十三歳で、本郷真砂《まさご》坂上、弓町の喜之床《きのとこ》という床屋の二階に下宿していた。体力には自信のあった彼は、その二年半後に自分の命が尽きるなどとは夢にも思わず、やはり月に一回ずつこんな話を床屋の女主人とかわしていたのか、などと思うのである。

それにしても、人が死んだ話はこたえる。それがたとえ見知らぬ人の死であってさえなにやら気が重いのは、すでに自分が四十なかばに達しているからだろう。

むかし、ラジオで聞いた「こども電話相談室」でのやりとりが、最近しきりに思い出される。

悪意のない小学校三年生の声が尋ねた。

「先生、人間は絶対に死ぬんでしょ。どうせ死んじゃうのに、なぜ勉強しなくちゃいけないんですか」

無着成恭《むちゃくせいきょう》先生が、虚をつかれて多少うろたえ気味に答えた。

「そりゃ人間はみんな死ぬんだけれどもねえ、そりゃそうだけれどもねえ、死ぬのは遠い遠い先のことなんだよねえ。死ぬまで時間が長すぎて、勉強でもしていなきゃね、ほかにすることがなかったりするんだよねえ」

たしかにそうだ。人生は、短いと思えばけっこう長い。しかし、長いと思って油断して惰眠をむさぼり無為にすごすうち、月日はすばやく流れ去る。

生物は自分の遺伝子をつたえるために生きているのだそうだ。人間もむろん生物の宿命に逆らうことはできないが、たとえば独身者は遺伝子をつたえ得ない。しかし遺伝子のかわりになにかをつたえたいと強く望む。それが仕事である。なにかを残したい、誰かを楽しませたいという欲望に、遺伝子保存の本能を肩がわりさせているのである。

しかし、つぎのような文章に出合うと、とたんに説得されて意気阻喪、再び私はふて寝の人に後退する。

「よくよく考えてみると、老人、青壮年を問わず、生まれて来た方が、生まれて来なかったよりもよかったという人間はめったにないが。――

人類の生命を救う発見をした大学者にしても、それによって救われた人間がいかに大害をおよぼしたかと考えると、生まれた方がよかったとは必ずしもいえない。人々を愉しませる芸術家にしても、そんなにまでして愉しませてやる価値のある人間がいるだろうか、と考えると、生まれた方がよかったとは必ずしもいえない」（『半身棺桶』山田風太郎）

中年は惑うのである。ひとりものはつらいのである。こういう気分のときは酒にでも酔いしれるのがいちばんだが、飲めないたちの私は、やはり活字のなかにきわどく活を見い出さざるを得ない。

たとえば漱石。

〈空が空の底に沈みきったように澄んだ。高い日が蒼《あお》い所を目の届くかぎり照らした。余はその射返しの大地にあまねきうちにしんとして独り温《ぬく》もった。そうして眼の前に群がる無数の赤蜻蛉《あかとんぼ》を見た。そうして日記に書いた。

――「人よりも空、語《ご》よりも黙《もく》。……肩に来て人懐《ひとなつ》かしや赤蜻蛉」〉（『思ひ出す事など』夏目漱石）

美しい文章だ。あたたかくて寂しい文章だ。こういう文章を漱石先生は明治四十二年、修善寺大患の死の淵から還《かえ》りきたって書いた。

「人よりも空、語よりも黙」私はそうつぶやきながらこの中年時代を生きていこうと思う。それにしても漱石先生がこれを書いたのは四十二歳、いまの私より二歳の年少であったのにはまいる。つくづく自分のじたばたぶりを恥じる。

画家・田畑あきら子が残した言葉

田畑あきら子は画家だった。本来は明子と書くのだが、当然のことながら「あきこ」と読む人ばかりだったので、のちにはひらがなで「あきら子」と署名するようになった。

彼女は一九四〇（昭和十五）年、広大な穀倉地帯である蒲原平野の西端であり、海岸沿いに隆起した弥彦《やひこ》山の東側のふもとにあたる新潟県巻町に生まれた。一九五九（昭和三十四）年、武蔵野美術大学洋画科に入り、六三年に卒業した。六五年からは母校の図書館に司書として勤務するかたわら制作をつづけた。六五年と六六年にはグループ展に参加、六八年には銀座の画廊で個展を開いた。六九年、二回めの個展を準備中に発病し、その年の八月、ほとんど無名のまま新潟大学附属病院で死んだ。

彼女が描いたのは抽象画である。不思議な、どちらかというと頼りない印象の線と色彩とで、なにか美しいもののイメージがキャンバスにきわどく、またはかなく固定されている、そんな作品群である。

「田畑あきら子の素描は、私には非常に勉強になった。線とは何か、線というものをどう考えたらよいかが解ったような気がした」

という洲之内徹の一文がある。

私が田畑あきら子の名前と仕事の一端を知ったのは洲之内徹の『気まぐれ美術館』によってである。洲之内徹は、左翼運動家、特務機関員、小説家、画商と数奇な経歴を重ね、五十歳近くになって美術批評文に手を染めた人である。その文章は、批評であり評伝でありエッセイでもあり、同時にそのどれでもない、「私批評」あるいは批評のかたちを借りた小説、とでも呼ぶしかないあまりにも独特な読みものなのだが、田畑あきら子の作品は、洲之内徹にこう書かれた。

「画集で想像していたのとは反対に、実物で見ると、彼女の線は非常に緩かで、速度が遅い。線に加速度がない。鉛筆が紙に触れて行くその一瞬毎を、画家が明晰に意識している線である。（……）線の質はイメージの質と関係がある」（『気まぐれ美術館』のうち「美しきもの見し人は」）

ここでいう画集とは、彼女の死の一年後に友人たちが企画した遺作展のためにつくられた小さな遺稿集のことで、その冒頭二十ページ分くらいが図版になっている。残りは、おもに発病後に彼女が書いた詩のような短文と、友人や恋人にあてて発信した手紙の採録である。

「わたしのたましいが、コップの水の時、地球は鐘と鳴り渡り、秋ね！」

「やさしくなった銀色の、時計の短針、長針、稲妻のごとく、走れ」

こういった言葉が並んでいる。少女趣味に似ていて、実はまるでべつのものを、やはりきわどく、またはかなく紙上に定着させていると思う。

彼女にとっては、自分の内部に見える流動し変貌しつづけるイメージ、その得がたく美しいある一瞬のかたちをとどめることができるのなら、線でも色でも、また言葉でも、方法はこだわらなかったようだ。

田畑あきら子の作品は、いまは新潟県立美術館に収蔵されているが、洲之内徹が偶然のきっかけから彼女を知り、新潟に絵を見に訪ねた一九七七年頃には、実姉のアパートの洋服ダンスの裏側の壁などに重ねてたてかけられていて、絵具の剝落がはなはだしかった。それは保存状態によるのではなく、先に描いたものを無造作にあとから塗り潰し塗り潰ししていることから起こった現象である。

なぜそういうことをしたのか。洲之内徹はこう考えた。

「これまた、たぶんイメージの問題と関連がある。おそらく、彼女の抱いているイメージは、容易なことでは画面に定着しないのであろう。フォルムがなかなか画面に出て来ない。

彼女の場合、イメージと言っても、(……) それ自身絶えず変形し続けているのだから、それを定着し、明示化しようとすれば、結局、描いては消し、描いては消しを繰り返すことになる」

「だから、彼女にとって、一枚のタブロオの完成ということは、厳密に言ってあり得ないのではないだろうか」

一九六八(昭和四十三)年の暮れ頃から彼女は体の不調を訴えるようになり、しきりに胃薬のキャベジンを飲んだ。しかし月に一キロずつ痩せるし、下腹部には指で触れてもはっきりわかるしこりがあり、押すと痛んだ。婦人科部位の故障を疑った彼女は、一九六九年の三月になってはじめて病院に行った。

三月四日、前日の好天とうってかわって、東京に大雪が降った。日中でも零下一度まで冷えこんだその日、彼女は吉祥寺のアパートから荻窪へ行き、雪のなかを三十分かけて病院まで歩いた。すでにただならない状態だと医師はたちまち見通したのだろう、おそらく手術と長期療養の必要があるから、身内のいる近くで入院したほうがいい、といった。恋人はいたが、まだ彼女は独身だった。その週のうちに新潟へ帰り、新潟大学附属病院に入院した。三月十五日に手術を受けた。胃癌だった。

一九六九年の春といえば、いわゆる東大安田砦落城から間もない頃である。三月には日大全共闘の秋田明大議長が渋谷区内の知人宅で雪かきをしているところを通報され、逮捕された。パゾリーニの映画『アポロンの地獄』が公開され、大鵬の連勝が誤審から四十五連勝で途切れた。「ニャロメ」という赤塚不二夫のマンガのキャラクターが流行した四月、連続ピストル射殺「一〇八号」事件の犯人永山則夫が逮捕された。彼は犯行の動機は貧困だと、のちに法廷で叫んだ。

五月、田畑あきら子は退院して巻町の実家にいた。しかし体重は三七・五キロと少しも増えなかった。再入院の日は近づいていた。それはもはや退院を想定できない入院になるはずだったが、本人はまだ知らなかった。

「青い空は、もっと青くなろうとして、すみれ色になった。その時に空は少し熱をだすので、わたしは悲しくなった。同じようないつもの午後四時、すっかり汗をかいて眠ったあとでは、自分が子犬でないのが不思議な気がしました。なんという五月」

七月四日にはもう再入院している。彼女は車椅子で病棟の階段の踊り場に行き、外界を眺めることを好んだ。

そこから日本海と佐渡が見えた。彼女はその場所を「四階の島宇宙」と名づけた。堪えがたい痛みはつづいたが、東京の恋人にあてた手紙の言葉は、いわばさわやかな悲しみの気配をたたえて美しかった。

「今日は快晴でした。真青なボール紙を巻いた海は、太陽の巨大な輪転機にかけられていました」

「フェルメール風の光の踊り場を、私の車椅子は走りまわります。赤電話の所に止って、ダイヤルをまわすと、あなたの居ない部屋でベルが鳴っています。じっと聞いていると、私がその部屋の中へ入って鳴っているような感じになります」

　これ以後病状は悪化の一途をたどり、また彼女自身も病気と闘うことをやめた。「十四歳の顔と六十歳の顔が同居し、時にはそれがどちらかにかたよる」と友人のひとりが評した二十八歳の芸術家は、一九六九（昭和四十四）年八月二十七日に死んだ。

　遺作展は一九七〇年に開かれ、洲之内徹は一九七七年に彼女を「発見」した。洲之内徹によって田畑あきら子の名を知った私は、一九九五年にその遺稿集を熟読した。

哀しむ目にとって風景とはなにか——荒木経惟の写真

哀しむ目にとって街の風景とはなんだろうか。

「物想いに沈んでいる表情が良い、と言ってくれた。私はその言葉にびっくりして、じっと彼を見詰めていたような気がする。

その時までの私の世界は、きっと原色だったろう。けれど、その原色は渋いニュアンスのある色に変わろうとしていた。

一人の男の出現によって、季節がはっきりと区切られていくのを、密かに自分の心の中に感じていた。私、二十歳。彼、二十七歳。冬の終わり頃だった」

一九九一年『センチメンタルな旅・冬の旅』のうち「冬の旅」の写真の余白に添えられたこの文章は、実は一九七八（昭和五十三）年の『わが愛、陽子』のために荒木陽子が書いたものである。こんなみごとな言葉を持った陽子が、一九九〇年一月の末に亡くなるのである。

妻を失ったのちに荒木経惟《のぶよし》が発表した「冬の旅」の写真には、まったく音がない。写真家は病い重る妻の入院する病院へ、冬の街を歩いて通う。そしてその道すがら写真を撮りつづける。

街路を。消え残った雪を。病院への近道の階段を。冬陽を浴びた石段に、こぶしの花を抱えた写真家の影が固着される。

それから妻のいない部屋を。妻のいない部屋でなにごとかを考えるネコを。

妻が亡くなった。それでも写真家は写真を撮る。不吉なまでに美しいこぶしの花を。街路や建物や遊園地を。地下鉄の駅の通路を。それから新雪に遊ぶネコを。つまり冬そのものを。

日常はまさに淡々とすぎていくのである。そして写真家はその一瞬をすくいとるように定着していくのである。

嫉妬のあまりランボーをピストルで射ち、牢屋に入ったヴェルレーヌは、石の高窓に天日の光を見、街から届く人々のざわめきを聞いた。そして、その遠い音に、平凡と日常の得がたさを実感して深く悔恨した。むろんこの壊れた天才詩人にとって、反省など結局無用だったのではあるが。

一方、荒木の世界には音がない。光の温かさはなく、季節は冬である。それにしてもこの九〇年の冬、東京にはよく雪が降った。

どんな哀しみに襲われた目にも世界は映らざるを得ない。街は日常を営んでいる。そして、それはとりとめのない広がりを持っている。

かけがえのない人が死んだというのに、自分の肉眼の視野もまたよけいな広がりを持ち、おのずとよけいなものを見てしまう。視野もまたその人の心とは裏腹に日常なのである。日常は日常にすぎないとしても、視野の広がりを切り捨てて日常を純化する、そのためにこそカメラのフレームはあるのだから、写真家はどうしてもシャッターを押さずにはいられないのである。

カラー写真もまた視野の野放図な広がりとおなじく、無用な情報を多量に呼びこむ。それ自体をたのしむというやりかたもあるにはあるのだが、含まれる情報の過剰さは記憶への深い彫りこみをさまたげる。従って、色彩の鮮やかさはむしろ、煙のようにはかない表現しか生まない可能性がある。

できるだけ情報は少なく、単純化と省略こそが純化への道である。そう考えるなら、荒木のように、いわば宿命のごとく「物語」を語らずにはいられない写真家が、あえてモノクロを選ぶ理由がわかる気がする。

「冬の旅」は、一九七一（昭和四十六）年の千部限定写真集、結婚したばかりの陽子との旅行を作品化した私家版「センチメンタルな旅」につづけて配置され、『センチメンタルな旅・冬の旅』という一本をなしている。この私家版の方の「センチメンタルな旅」を見せられた寺山修司は、「すっごいこみいった芸やるね。……あれ、うそでしょ。奥さんじゃないでしょ」といった。

漱石は、なぜか水死した美女のイメージを精神のどこかに固着させていた。水と死と女のイメージはさまざまな形で連結されて作品中に露出する。そのような漱石の「物語」の、透明な、しかし持ち重りのする核心に似たものを、この「センチメンタルな旅」は思わせる。

「センチメンタルな旅」は、必ずしも大げさないいかたではなく、日本の写真を変えた。一九六〇年代、「写真は記録か芸術のどちらかの範疇に属するべきであり、撮影者の生身の存在はできる限り透明なものでなければならないという思い込み」に呪縛されていた写真家たちに衝撃を与え、「以後、記録とも芸術ともつかない〝私写真〟が登場してくる」きっかけとなった、と飯沢耕太郎は『荒木！』に書いている。

荒木は一九七四年に母を失い、そのとき以下のようにしるした。

〈母は、「ウッ」と呻《うめ》くと、そのままであった。母の死を見たのは弟だけだった。弟の風と、体温、ごつい手の感触、そして声を聞きながら、一瞬に死んだ。情景は終った。団扇でゆっくりと、やさしく風を送る弟。母。まさに、それは情景であった。言葉でも、声でもない、一瞬の呻きが、情景を終わらせてしまった〉(「母の死——あるいは家庭写真術入門」)

一九九〇年一月、陽子が亡くなり、荒木は「冬の旅」に彼女の死に顔の写真を入れた。のち、彼はこの写真をめぐって篠山紀信と対談し、激しく応酬した。篠山は「いままでのあなただったらたとえ自分の妻が死んでもその死に顔なんかは一切出さなかったんじゃないかな」「これはいったいどういうことですか」と強く問うた。

荒木はつぎのようにこたえた。

「この『冬の旅』でいれようかどうしようか迷ったのが、陽子がお棺の中に入っているその写真なんだ。結局死というのは一番真実だから、照れとか揶揄《やゆ》とか全くなしにストーンと出さなくてはいけないと思ったの。それでいれ方も、これだけは彼女が光るようにプリントした。トーンを白っぽくして周りを沈めてね。そういうことをするのは俺は嫌いなんだけど、この写真を出すために稚拙なテクニックまで使わせられてしまったわけだ」

しかし、さらに篠山はいいつのった。

「ここにあるのは単なる陽子さんの死にすぎないよ。彼女の死ということの悲しさが直截に伝わってくるだけじゃないか」

荒木はこたえた。

「それが写真なんだよ」

荒木は、その処女作『さっちん』以来、撮るものと撮られるものの「関係」を写しとってきた。人と人との細く、はかなく、しかし柔軟である関係。ふれあう指のような関係。同時にそのような関係が永遠であることへの束の間の願い。それが荒木の写真なのだと私は理解している。

幸福は瞬間にしかない。その瞬間を固定するのは写真である。哀しみに満ちた目で見る風景を切りとり、固定するのもまた同様である。

かつて荒木の写真展を見に行ったときの印象的な風景を私はよく記憶している。それは一九八七年九月から十月にかけ、渋谷で行なわれた「愛の部分」という展覧会のオープニングパーティだった。

壁に並べられた女性器の写真を前に談笑する美しい女性たちがいた。それは奇妙な風景だった。しかし悪い風景とも思えなかった。許されるべき虚栄の持ち主たちが、希望に満ちたニヒリストの前で無邪気に遊んでいるようだった。どんな性悪な若い娘でも、無邪気でいなければ、少なくとも無邪気をよそおわなければそこに存在することが耐えられない、荒木の写真群には、それほどあられもない孤独さの、また美しさの力量があった。

希望に満ちたニヒリストは、いわば清浄な下品さの持主である。また誠実な無頼であり、実質ある空虚でもある。そして、そんな華やいだ一陣の風のような「物語」をつつんでいるものは、荒木の火のような寂しさであるのだと、いまなら私はつけ加えることができる。

人の死の記録

『死ぬまでになすべきこと』（式田和子）という本には、こんなフレーズが並んでいた。「老後は田舎で？　でも田舎はオソロシイですよ」「老人ホームでの死、子供は引きとりにも来ません」「老いてこそ不良しましょ」「戒名のランクは三代先までのしかかる」

題名も魅力的だが、役に立ちそうである。なるほど、この本は発売四年余で三十一刷になっている。

と思えば、『僕の考えた死の準備』（木村晋介）は、「自分らしい遺言、死に方、お葬式」を懇切に教えてくれる。巻末には財産目録や自分史のフォーマット、果ては「葬式に呼びたくない人の名簿」まである。こちらもそれなりに売れている。

なぜ売れるのか、またなぜ自分が実用書の棚にあったこれらの本をつい手にとりたくなったのか、と考えたら、たちまち思い当たった。私たちが死から遠ざけられすぎたせいである。

人は病院で死ぬ。病院は白いブラックボックスのようである。余命が尽きかけると人はそこへ入り、しばらく管につながれたあと消滅するのである。

むかし、家には生と死が同居していた。人は家で生まれ、家で死んだ。生死に立ちあわされながら子供たちは長じた。

私の場合、祖父母と両親、都合六人のうち、病院で亡くなったのはひとりだけである。五人は自分の家で息絶えた。それまで、家のなかには死のにおいがあふれかえっていた。いまは犬猫さえ、死なれるのがいやだからと飼わないことがある。

しかし遠ざけられすぎた死は不自然だ、そんな万古の常識が働かないわけではない。「人は太陽と死を正視できない」とラ・ロシュフコーはいったが、たとえ正視できなくとも瞥見はしたいのである。それは（むろん私も含め）現代人は往生際が悪そうだという不安が無意識のうちに強要する、精神の準備運動かも知れない。

私は三十代後半に、はじめてそういう気分になった。錯覚にしろ、人生もなかばをすぎたか、と思うころである。そして、山田風太郎の『人間臨終図巻』を文字どおり愛読した。それは著名人の死の瞬間ばかりを描いた本で、むやみに身につまされるくせに、どうしてもやめられないのである。

誰もがそのときの自分の年齢の項目から読みはじめるというが、私も例外ではなかった。

国木田独歩、斎藤緑雨、ゴッホ、みな三十七歳で死んだ。私はそのとき三十七歳で、死の後姿がはるか遠く見えた気がしたのである。

妻妾ともに自分の看病をさせた独歩をひどいやつだとは思わず、反面、うらやましさも感じなかった。しかし、自身の死亡広告の文案をつくり、冷たい水を飲んでひとり死んだ緑雨と、社会への徹底した不適応の末に自殺したゴッホには、万斛《ばんこく》の同情を禁じ得なかった。

家族が滅びつつあるいま、「自分史」がブームになるのは自然だと思うけれど、やはり人はおのれの死をおのれで記録できないのである。

二十六で死んだ石川啄木にしたところで、たまたま若山牧水が枕頭にいあわせなかったなら、その死に際はのちに伝えられず、従って（実は本人の責任大であるにしろ）貧乏歌人の象徴としての存在はやや不完全なものになっただろう。持つべきは友か。

二葉亭四迷はロシアからの帰国途中、インド洋上に死んだ。四十五歳だった。

その死のようすは、終焉時の正確な緯度経度とともに、賀茂丸の近藤事務長の日誌上に残された。日誌は事務長自身のほか、船医、担当給仕の証言をあわせた手厚いものだった。内田魯庵はそれをもとに二葉亭の死を『思ひ出す人々』に書き、戦後中村光夫はさらにくわしく『二葉亭四迷伝』に書いた。

「（明治四十二年）五月十日には特に熱が高く、舌が震える様子でしたが、意識は確かで、午前中に給仕が間もなくシンガポールに着くというと、二葉亭は微笑して、そうしたら浴衣がけでマレーストリートでも散歩しようかと答えたほどでした」

「しかし危篤の症状がはっきり現われて来たので、それとなく家族に用事はないかと訊ねたところ、何もないと答え、その後はしきりに氷を口にしながら、午後五時十分に眠るように死去しました」（『二葉亭四迷伝』）

つづく伊藤整、山田風太郎らはこれを活用した。そして私も、『二葉亭四迷の明治四十一年』で、その驥尾《きび》にふした。こうして二葉亭の死は一事務長のメモから発し、具体的な映像となって世に流布した。

四十も後半になった近年の私は、むしろ『人間臨終図巻』の下巻に興味の対象を移している。送る人に「やれやれ」といわれ、逝く本人も「やれやれ」とつぶやいて、ようやく死ねる人々である（武者小路実篤の項を一読されたい）。

惜しまれて死ぬ人ばかりではないと肝に銘じつつも、やはり私は人の死の記録に歴史の深い森を知るのである。

彼らは落葉し、地に敷かれて雨に濡れ、やがて地味豊饒な腐食土となって現代の私たちをきわどく生かしめてくれていると思う。そしてそのとき、不思議なことに他人の死に勇気づけられる自分に向きあって、微笑しつつも私は暮夜しばし粛然たるのである。

サナトリウムの記憶

昭和二十六年三月、勤め先の山形県西田川郡湯田川中学校の集団検診で肺結核の診断をつけられた二十三歳の藤沢周平は新学期から休職し、療養生活に入った。それは結局六年八カ月の長きにおよんで、中学校教師を生涯の仕事と決めていた藤沢周平の人生を大きく変転させた。

地元で二年治療につとめたがはかばかしくなく、昭和二十八年二月、七歳年上の兄に付き添われて上京した。入院先は北多摩郡東村山町の篠田病院林間荘だった。当時北多摩一帯には多くのサナトリウムが点在していた。藤沢周平は、自分は治らない結核のせいで田舎に居場所がなくなった人間だと思い、行く手にちらつく死の影を見つめていた。

安静度三度とは、手洗いと洗面のほかは原則として横臥安静という重症である。風呂にも入れず、週一回看護婦に体を拭いてもらった。

薬餌療法でも治るが、その場合は回復が遅くなるだろう、手術をすれば比較的早く治る可能性があると医者がいうと、藤沢周平はためらわず手術を選んだ。

二十代の時間は日々に過ぎていく。治ろうが治るまいがこのへんでケリをつけたいという、なかばなげやりな気分が彼にはあった。右肺葉を切除し、さらに二回補足成形手術を行なって肋骨五本を切った。それは昭和二十八年六月から九月にかけてのことである。

入院してまだ間もない頃、療養仲間の句会に誘われた。しばらくすると句会のリーダー格の人が、静岡の句誌に参加しないかと勧めた。それは馬酔木《あしび》系の句誌で誌名を「海坂《うなさか》」といった。藤沢周平ははじめは本名で、のちには北邨《ほくそん》という俳号で投句した。手術以前に送った句は昭和二十八年六月号に四句採られ、昭和三十年八月号までに合計四十四句が掲載された。そのなかに、「野をわれを霰《あられ》うつなり打たれゆく」「軒を出て狗《いぬ》寒月に照らされる」などの句があった。

昭和二十八年十月、外科病棟から療養棟に帰った。経過はそれほど思わしいものではなく、安静度三度、ベッド上での生活が昭和三十年春までつづいた。

しかし藤沢周平は書く。

「療養所の暮らしは少しも暗くなく、むしろ明るいほどのものだった」「そこはたしかに死の影が張りついている場所ではあったが、また治癒して社会にもどって行く人間を見ることが出来る場所でもあった」(『青春の一冊』)

その頃、多数の青年たちが結核に罹病して、サナトリウムに時を費していた。渥美清もそのひとりで、その明るい演技の時折に束の間見せる鋭利なまでの暗さは、サナトリウムで死の淵をのぞき見たことの名残りだといわれた。が、藤沢周平にはそれがあまり感じられない。渥美清ほどには死を恐れなかったということかも知れない。

山形師範時代に外国映画と翻訳小説のおもしろさに目覚めた藤沢周平は、映画は無理でもベッド上で小説に読みふけった。彼が心に残る本としてあげているのはハンス・カロッサの『ルーマニヤ日記』とウジェーヌ・ダビの『北ホテル』である。

いま手元にある『ルーマニヤ日記』は、新潮社の現代世界文学全集のうち、芳賀檀、高橋義孝、高橋健二訳の第二十八巻に収録されたものだ。

ヘルマン・ヘッセ、トーマス・マンよりわずかに年少のカロッサは、第一次世界大戦に国民兵軍医として志願従軍した。西部戦線から東部戦線に転じ、『ルーマニヤ日記』に描かれた一九一六年初冬には三十七歳だった。それは死の風景にあふれた実録的小説である。

ハンガリー、ルーマニア国境付近を行軍していたカロッサは、あるとき二本の白樺の幹の間に倒れたルーマニア兵のかたわらを行き過ぎた。

死んでいると思われたその兵隊が、カロッサの外套の裾を引いた。彼はおそらくモルヒネを欲したのである。

「無限に痛烈な、無限に苦しい苦悩というものがあるのだろう、意識がありながら死んで行く者は、そういう苦悩から何としても逃げだしたいのだ」「注射が終ると彼はほとんど気持よさそうに白樺の幹に頭をもたせかけ、両眼を閉じた。その深い眼窩にはただちに大きな雪片が落ちてきた」

また戦場の村で無感動な少年の手で石壁に叩きつけられ、瀕死となった仔猫にもカロッサはモルヒネを射ってやった。

「三分後、彼女（仔猫）は床の上の小さな陽だまりへ歩いて行って、気持よさそうに手肢をのばし、前肢に頭をのせてねむりこんだ」「それからせわしない鋭い呻き声をさせ、最後に一度、深く、ほとんど快いといってもいいほどの息をした」

「（その猫を死に至らしめた）ハンガリーの少年は死んだ猫の前にひざまずき、泣きながら撫でさすっている。粗野な人間が永遠なるものに撃たれるのを見るのはいつも美しい」

このような描写は、藤沢周平に「ある種のくつろぎと勇気」を与えた。「ほとんど幸福な死もあること」は、つねに「死の不安を抱える」彼にとって「小さくはない慰藉《いしゃ》」をもたらした（『青春の一冊』）。

ウジェーヌ・ダビは、ハンガリー出身のユダヤ人である。彼は、パリ北駅近くの安ホテル、というより階下にカフェのある下宿屋を舞台に、そこに滞在しては川のように流れ去る群像を描いた。すでに忘れられて久しいが、その『北ホテル』はポピュリズムの傑作と呼ばれた。「ブルジョア小説家の心理解剖（ジイド末流の小説）は、理智の軽業にすぎない。小説に必要なのは、心理解剖ではなくて、心理綜合である」

訳者の岩田豊雄は、永戸俊雄の言葉を借りて、ポピュリストの考えをしるし、さらにこう書いた。

「小説は何も立証する必要はない。何も教える必要もなく、政治運動や社会運動と何の関係もない。小説家は文学の職人であればよろしい。これがポピュリストの純粋小説論で、彼等の戦闘語は、だから、〈小説のための小説〉ということになる」

一九二九年の作品である『北ホテル』が新潮文庫として刊行されたのは、昭和二十九年（一九五四）三月二十日だった。値段は七十円とある。『ルーマニヤ日記』は昭和二十九年二月二十五日刊行で三百五十円、但し地方売価は三百六十円とある。藤沢周平もこの年か、せいぜい翌年にこの二冊を読んだのだろう。

藤沢周平は、昭和三十年春に安静度四度の大部屋に移り、散歩を許されてゆるやかに回復へと向かった。

昭和三十一年には所内文芸誌に参加し、翌昭和三十二年にはアルバイトで病院内の新聞配達をするまでになった。そしてその年の十一月に退院した。しかし、すでに故郷には仕事をするべき場所が失われていたので、東京にとどまり、つてを頼って業界紙に就職した。彼は間もなく三十歳になろうとしていた。

「療養所は、私にとって一種の大学だった」と藤沢周平はのちに書いた。「(教師という)職業自体がその地域では無条件に尊敬されるか敬遠されるか」である。そんな「世間知らずもそこで少々社会学をおさめて、どうにか一人前の大人になれたというようなものだった」(「再会」)。

療養所は生死が交錯する戦場のような場所であり、同時に人が集っては散じる『北ホテル』に似た場所だった。そこで読んだ『ルーマニヤ日記』のカロッサの視線と、ダビのポピュリズムの方法は、藤沢周平の内部に深く刻まれた。

しかし、それらが作品上に投影されて、いまの私たちが知る藤沢周平的世界に結実を見るまでにはさらに長い時間を経なければならなかった。それは、時代劇にかたちを借りた私小説をひととおり書き終え、胸裡積もったさまざまな屈託を吐き出したあとのことで、療養所を出てすでに二十年ほどの時間がたっていた。

昭和五十一年、明るい作風に転じた『用心棒日月抄』を書いたとき、彼は出羽庄内の藩名を「海坂」とした。それは、水平線上の、あるかなきかの傾斜弧を形容する美しい言葉であるとともに、療養所の記憶を象徴する断片でもあった。藤沢周平は、そのとき四十八歳だった。

市ヶ谷台の桜

四月初旬の、早くに咲いた桜がもう花びらを散らすいかにも春らしい日、私は市ヶ谷台へ行った。近々開館する市ヶ谷記念館が、それに先立って公開されると聞いて出掛けたのである。

市ヶ谷台をのぼり、薬王寺門からはじめて陸上自衛隊市ヶ谷駐屯地に足を踏み入れた。少し南に歩くと記念館はあった。私は建物の前にしばしたたずんで、その玄関上のバルコニーを見あげた。

車寄せの上に掛けられたバルコニーは並みの建物のそれより高いのだが、私はもっと高いものだとずっと思っていた。この高さなら上からの声も、また下からの野次もよく聞こえただろう。

一九七〇（昭和四十五）年十一月二十五日は、小春日和という言葉の似合う、よく晴れたあたたかな日だった。三島由紀夫はその日の午前十一時五十分から十二時十分まで、このバルコニー上で演説した。

彼は楯《たて》の会の制服姿で白い手袋をはめ、「七生報國」と墨書された鉢巻をしめていた。バルコニー中央部に立ち、向かって左側に白布地にしるした檄文を二枚垂らした。大男が思い切りジャンプしてもきわどく届かないほどの空中にその下端はあり、風鎮が結びつけられていた。

彼の演説は、ひと口にいって自衛隊に蹶起《けっき》を促したものだ。しかし、現実にそれが可能だと三島由紀夫が思っていたかどうかは、大いに疑わしい。彼は「自衛隊は違憲なんだよ」と四回繰り返して叫んだが、当時からもっとも憲法を尊重していたのは自衛隊員であり、そのことを彼は体験入隊などを通じてよく知っていたからだ。実際三島は、本館前に集められた隊員たちに野次られて、「静聴せい」「聞けい」という言葉を合計十七回も発せざるを得ず、また四十分と予定した演説を半分の二十分に短縮してバルコニーを退いた。

総監室に戻った三島は、「仕方がなかった」とつぶやいたが、それは詭計を弄して人質とした益田《ました》兼利東部方面総監への詫びの言葉と聞こえた。約三分後、だいたい十二時十三分頃に三島由紀夫は腹を切った。その直前、彼は大きな叫び声をあげたが、それは腹にたまった空気を出しきるためだった。

介錯は最初森田必勝《まさかつ》が試みたが、三太刀おろしても果たさず、古賀浩靖が刀を受け取って三島由紀夫の首を切断した。つづいて十二時十六分頃に森田必勝が切腹し、その介錯も古賀が行なった。

十二時十八分頃、古賀と小川正洋、小賀正義の三人は益田総監の縄を解いた。彼らの流す涙を見た総監は「もっと思いきり泣け」といい、「自分にも冥福を祈らせてくれ」と正座して瞑目合掌した。十二時二十一分頃、三人は総監とともに総監室を出た。日本刀を自衛官に渡して警察官に逮捕され、事件は終った。

三島は四十五歳、森田は二十五歳、古賀は二十三歳、小川と小賀はともに二十二歳だった。関孫六兼元《せきのまごろくかねもと》の作とされる軍刀仕立ての日本刀には三カ所の刃こぼれがあり、介錯の衝撃で真ん中より先がS字型に曲っていた。

実は三島が演説したのは、正確にはこのバルコニーではなく、切腹したのもこの総監室でない。本館はもっとずっと正門寄りにあった大きな建物だった。その中心部のみを西側に移築して市ヶ谷記念館としたのである。

記念館バルコニー下の玄関を入るとすぐに大講堂である。それは昭和九年に陸軍士官学校の大講堂としてつくられ、昭和二十一年五月から二十三年十一月まで極東軍事裁判の法廷となった。もとは本館の二階三階部分であったものを一、二階として移しかえたが、床面をつくる三十センチ角のナラ材は、約七千二百枚のうち歪みの出た三百九十九枚を除いてみな生き残らせた。

東部方面総監室は戦時中には陸軍大臣室だった。本来は長く静かな廊下に面して左に幕僚長室があり、右には副長室があったが、これも総監室のみが単独で保存された。それは横七・五メートル、奥行六メートルほどの意外に小さな部屋である。扉には、総監を奪還しようと進入を試みた自衛隊幹部たちに三島が切りつけたときの刀痕が見える。

一九七〇年十一月二十五日、私はその日二十一歳になったばかりで四谷にいた。午後二時頃、三島由紀夫が何かやったらしいという声がどこからか聞こえてきた。二時半、私は四ツ谷駅に夕刊を買いに行った。夕刊は届けられるそばから売れ、また版がかわるたびにおなじ人が買った。私もそうした。

数日後に事件を掲載した週刊誌が出ると、こちらはもっと売れた。ことに「サンデー毎日」がよく売れた。駅の売店では、あまり売れすぎて売り場の台がむき出しになり、売り子のおばさんの腰から上が見とおせた。

その頃、事件を評して「オカマのヒステリーだ」といったのは青島幸男だった。私はそれまで青島を、すぐれたユーモリストとして好ましく思っていたのだが、この言葉には違和の念を禁じ得ず、以来彼への信頼感を失った。

たしかに事件は謎だった。しかし、自分にもなんらかの関係のある謎だろうと思っていた。他の多くの人々もおなじ思いを抱き、だからこそ新聞も週刊誌もあれほどまでに買われたのである。

当時私は東映ヤクザ映画の池部良と高倉健の殴り込みの道行きをイメージした。通俗だが、それは美しい姿である。今回、はじめてバルコニーを眺め、総監室にたたずんでみても謎がとけたという思いはない。だが、三島由紀夫が死んだ年齢、四十五歳を超えれば、彼が抱いた老醜への深い嫌悪、あるいは恐怖の一端は理解できる。

三島由紀夫の解剖所見には「四五歳だが三〇歳代の発達した若々しい筋肉」とあった。森田必勝は「若いきれいな体」と書かれていた。

ふたりは総監室で南面して屠腹したことになるが、そのとき彼らの瞼の裏に『奔馬』の主人公のごとく、日輪は赫奕《かくやく》と昇ったのだろうか、と四十九歳の私はおぼろげに考えた。

あとがき

昭和二十四年生まれで、六十四年まであった昭和の（もっとも昭和六十四年はわずか一週間だったけれど）、ほぼ三分の二を体験した私は、「昭和の子」である。

西暦の便利さは重宝している。しかし元号もまたにわかには捨てがたい。中華文明の縁辺にありながらついに正朔《せいさく》を奉じなかった日本の、ある種のけなげさを評価したい思いがある。明治、大正、昭和戦前、昭和戦後、元号による時代区分が截然《せつぜん》たる日本近代史の性格を尊重したい心の傾きもある。

だが現実には昭和五十年以降、日本のやむを得ざる「世界化」とともに元号は説得力と影響力を減じ、平成ともなればもはや西暦の方がわかりよい。それでも、西暦二〇〇〇年と口にしつつ、「昭和七十五年」と頭のなかでいい直してみないと気が済まないのは、たんに私の癖である。

私は戦後間もない、いわば発展途上国時代の日本に生まれてものごころつき、中進国時代に思春期を送った。その頃、進歩と発展と民主化という言葉には、たしかに希望の色が添えられていた。先進国になりかけの、なにやら快活な不安に満ちた時代に青年期をすごし、そうして、経済建設という戦後唯一の努力目標が達成されてしまったあとの、いわばはなやいだ寂しさの空気が社会に満ちるなかで壮年期を迎えた。昭和が終ったとき、私はちょうど四十歳だった。

不誠実な虚栄があられもなく幅をきかせたバブル経済の頂点が昭和末年と重なったことに、不吉な暗合を思わないではないが、それさえひっくるめて、昭和には愛着がある。より正確には、愛憎なかばするところがある。そんな感情を整理すると「義理」という言葉になるが、その「義理」を果たすために、この短文集には、あえて『昭和時代回想』という大仰な題名をつけた。

私としてはめずらしく思春期青年期の回想を書き、それがこの本には含まれている。みっともないが、一度は書いておこうと思ったわけだ。その気恥ずかしさをごまかすには、もっと大きな恥ずかしさが必要だった。つまりこの題名は、木を隠すには森がいちばんという浅知恵の結果なのでもあった。しかし、適度な貧しさと向上心がバランスした時代、日本人が無邪気に「冷戦下の平和」をたのしめた時代、自分の身の安全は確信しながら高らかに反戦を叫び得た昭和時代を懐しむという、倒錯した気分も否定することはできない。あの頃は、悪役と善玉がはっきりしていて、単純で、生きやすかった。

本書中の文章のほとんどは、私の四十歳代なかばに書かれた。文字どおり居室中にちらかっていた原稿を、端倪《たんげい》すべからざる忍耐力と慎重さとで収集し、仕分けし、編集してくれたのは日本放送出版協会の小湊雅彦氏である。年齢とともに生得の怠惰とわがままの地金が野放図に露出する著者を、口でなだめ目で叱り、ついに一本となすに漕ぎつけた氏の努力と実力とは、まさに多とすべきである。

一九九九年十二月

関川夏央

【初出】

溶明する民主主義………「文藝春秋」一九九二年十一月号

I

いわゆる青春について

日本経済新聞［一九九五年十月七日〜一九九五年十二月三十日］

II

暑さに疲れた夕方

日本海の晩夏………「三井グラフ」一九九六年十一月／十二月号
蒸気機関車が消えた………「NEXT」一九八九年一月号
評伝もまた小説たらざるを得ない………「本の話」一九九七年二月号
こそこそごはん………「小説現代」一九九〇年二月号
新潟平野は真夏………「小説現代」一九九七年九月号
洋書売り場の賢い犬………「本の旅人」一九九六年十一月号
『幸福』の「意味」………「週刊新潮」一九九八年五月二十五日号
四谷見附橋………「週刊文春」一九九二年八月十三／二十日号

無責任男——こつこつやるやつァご苦労さん………「現代」一九九六年八月号
趣味と教訓………「あつめる」一九九九年一月号
暑さに疲れた夕方………「JAF　MATE」一九九八年六月号

Ⅲ

「老い」という大陸

ああ、卒業旅行………「翻訳の世界」一九九一年五・六・七月号
人の世、至るところに「団塊」あり………「翻訳の世界」一九九〇年六・七月号
途上国の顔、先進国の顔………「熊本日日新聞」一九九三年十二月十一日夕刊
明日できることは今日するな………「文」一九九七年夏号
たまには機械になりたい………「熊本日日新聞」一九九三年四月十日夕刊
天保以来の………「熊本日日新聞」一九九三年十月九日夕刊
大学の先生………「言語」一九九七年一月号
水音に埋もれる温泉場………「ARCAS」一九九八年十二月号
ホームレスの老作家………「熊本日日新聞」一九九三年五月十五日夕刊
中年シングルの「忘却力」………「日本経済新聞」一九九七年七月二十日
「老い」という大陸………「翻訳の世界」一九九〇年一月号
二十一世紀になったって考えることは同じ………「新潮」一九九六年九月号

Ⅳ

「停滞」へのあこがれ

乱歩が最も愛した場所………「太陽」一九九四年六月号
「停滞」へのあこがれ………「婦人画報」一九九七年八月号
小説家の部屋………「すばる」一九九五年三月号
ひさしぶりに「風立ちぬ」………「熊本日日新聞」一九九三年十一月十四日
戦前育ちの女性たち………「ノーサイド」一九九四年一月号
戦争文学としての久生十蘭の二短篇………「ユリイカ」一九八九年六月号（単行本版未収録）
山田風太郎日記を読む………「ノーサイド」一九九四年五月号
『何でも見てやろう』から三十年………「翻訳の世界」一九九一年四月号
人よりも空、語よりも黙………「熊本日日新聞」一九九四年一月二十二日夕刊
画家・田畑あきら子が残した言葉………「別冊文藝春秋」一九九五年夏号
哀しむ目にとって風景とはなにか——荒木経惟の写真………「ユリイカ臨時増刊　荒木経惟」一九九六年一月
人の死の記録………「読売新聞」一九九七年三月二十六日夕刊
サナトリウムの記憶………「文藝春秋臨時増刊号　藤沢周平のすべて」一九九七年四月
市ヶ谷台の桜………「文學界」一九九九年六月号

集英社文庫版解説

斎藤美奈子

「四十而不惑（四十にして惑わず）」という。ご冗談を、というしかないが、それでも人は、四十代半ばくらいを境に精神のありようが少し変化するのかもしれない。

それをはじめて実感したのは三十代の後半だった。何年か年長の知り合いが、四十代に入った途端、のきなみ似たような言動を取りはじめたのである。

「もうオレも若くないし」なんて自慢とも弱音ともつかぬ台詞を吐く。「結婚とは何か」みたいな原則論を語りだす。長らく音信不通だった相手に突然手紙を書く、電話をする。あげく「みんなどうしているだろう」などと言いだす。かくして同窓会の通知が増える。つまり急に「里ごころがつく」のである。

こうした傾向が顕著なのはどちらかといえば男性で、そのたびに「この忙しいのに、バカじゃないの?」と私は鼻で笑ってきたのだが、自分がいざその年齢になってみると、かつては想像もしなかった心境が、うっすらとだが理解できるようになっているからおそろしい。

右のような境地を解する四十代以上の読者にとって、本書は嬉しいような困ったような本である。この感じはそう、中学生のころ、親に隠れて読んだ「いかがわしい本」に近いかもしれない。

署名が関川夏央で、書名が『昭和時代回想』。関川夏央の真っ当な読者なら「明治ならぬ昭和の文壇録か」と考えても不思議はない。が、ふたをあけてみると、どっこい、想像していたのとはいささか違った光景がひろがっている。著者はそっと告白している。

〈私としてはめずらしく思春期青年期の回想を書き、それがこの本には含まれている。みっともないが、一度は書いておこうと思ったわけだ。その気恥ずかしさをごまかすには、もっと大きな恥ずかしさが必要だった。つまりこの題名は、木を隠すには森がいちばんという浅知恵の結果なのでもあった〉（「あとがき」）

「昭和時代」は個人史の隠れ蓑。『昭和時代回想』は、自らを「昭和の子」「戦後の子」と規定する作家・関川夏央による『（私の）昭和時代回想（録）』なのだ。

あの関川夏央にして、四十をすぎれば来し方へ眼が向く。まして凡人においてをや。「いかがわしい本に近い感じ」とはつまり、そんな旧懐的な本を読んで（しかもニヤけたり涙ぐんだりして）いる姿を人には見られたくない、という気分に由来する。

自室でこっそり読むだけにしておきたい。「ものすごくおもしろかった」と言いたくても、人に言うのは憚られる。間違っても、自分より下の世代に勧めてはいけない。いや勧めてもいいが、理解を得ようなどとは思わないほうがよい。「やだあ、パパったらこんな本に共感しちゃって」と陰で笑われること必至。

『昭和時代回想』という表題は、著者にとってだけでなく、じつは読者にとっての「隠れ蓑」でもある。この表題ならば、とりあえず、どこかに置き忘れて家族や同僚に見られても恥ずかしくない。中年てのも、これでなかなか「むずかしいお年頃」なのだ。

とはいえそこは、年季の入ったひねくれ者の関川夏央だ。いわゆる自分史とはもちろん、文筆家にありがちな身辺雑記的回想録とも、本書は一線を画している。回想的なエッセイが陥りがちな紋切り型を、この本は免れているのだ。

第一に、ひねくれ者にしては、いや、ひねくれ者だからこそだろうが、「団菊じじい」的ふるまいが慎重かつ巧妙に回避されていること。「団菊じじい」とは私も最近知ったことばで（だから嬉しそうにここで開陳しているわけだけれども）、九代目団十郎と五代目菊五郎（ともに明治期の名優だ）の最盛期を知っている古老が、いつまでも「団十郎と菊五郎はよかった」と繰り返すことをいう。要するに「昔はよかった」という繰り言である。

第二に、これはさらに希有な現象というべきだが、団塊ベビーブーマー世代に特有の甘ったれたロマンチシズムを著者がいっさい共有していないことである。「団菊」は我慢できても「団塊」は勘弁してほしい私には、それだけでも随分とありがたかった。

はたして関川夏央は、彼の同世代が嬉々として語りたがる（聞かされる側からすれば耳にタコができた）青春の思い出、すなわち全共闘体験も、ビートルズ体験も、ベトナム反戦運動も、連合赤軍事件のショックも、語らない。長髪に意味も見出さないし、政治の季節なんて腐った言葉も使わない。

〈だいたい私は「個人的体験」に意味を感じていない〉

〈私は「世代論」には興味がない〉

敢然と言い放って、さらに念押しするのである。〈私も人並みに時代の波をかぶってずぶ濡れになったが、それが有益な体験だったとはまったく思わない〉

これはこれで結構な恰好のつけ方ではあり、「おーい、スカしてんじゃないぞ、セキカワ！」と野次を飛ばしてもいいのだが、ここはひとつ、しばし立ち止まって考えてみよう。『昭和時代回想』が持つある種のすがすがしさ、「団菊」（年齢的な陥穽）に陥らず「団塊」（世代的な体験）にも陶酔しない本書の流儀はいったいどこから来るのだろうか。

ひとつの理由はわりあい簡単。個人的なことを語っているようで、この本の主役は、じつは関川夏央本人ではない。本書における著者の立場は「観察者」であり「記録者」であり、ときに「ひと言多い分析者」である。

描かれているのはむしろ「昭和」の共通体験だ。父母との思い出や思春期について綴った「いわゆる青春について」と題された章でさえ、それは同じ。

著者よりいくらか年少の私でさえ、忘れていた固有名詞や懐かしいフレーズに出会って、なんだか頭がクラクラした。樺美智子、岸上大作、大島みち子、奥浩平、高野悦子……なんて名前を出してもお若い方は「だれだそれ？」だと思うけど、そういう人たちの遺稿集が流行《はや》った時代があったのよ。はじめて買ったレコードが映画の主題曲だったとか、子どもたちの間で切手のコレクションがにわかブームになったとか、ヨタハチと呼ばれるスポーツカーに憧れたとか、ひとつひとつの逸話は風俗史の表舞台にさえ上らないような「しょうもないこと」でしかないけれど、一九六〇年代、七〇年代という時代が、そこには紛れもなく刻印されている。

昭和二十四年生まれの著者は、自らを「発展途上国」に生まれ、「中進国」に育ち、「中進国から先進国への端境期」に青年期をすごした者と記している。団塊世代とは〈たんに数の多い年齢層とはとらえたくない〉と彼は述べる。それは〈ある社会の変動期を、幸か不幸かもっとも多感な時期に経験してしまった世代〉であり、〈活字信仰の最後尾〉と

〈マンガを読み得る最前線〉である。時代を俯瞰するのに、彼らは有利な位置にいるのだ。

しかし、関川夏央が特異なのは、それを、中国の団塊世代（紅衛兵として文革に参画した一九五〇～五八年生まれ）や、明治の団塊世代（明治維新前後に生をうけ、民権運動を思春期青年期に体験した一八六二～六八年生まれ）にまで敷衍させてしまうところだろう。このくらいのパースペクティブで歴史を眺めれば、なるほど、全共闘だのヒッピーだのは、ごく一部の特権階級（といっていいだろう）が享受した局所的な体験にすぎない。逆にいうと「全共闘世代」と自ら名乗ってきた人たちは、饒舌に見えて何も語っていなかったに等しい。関川夏央によれば、一九六八年は〈私がその使い方にとまどった西洋便器が流布し、誰もがシャンプーのあとでリンスをするようになった〉年なのだ。

もうひとつ、本書が潔く見える理由、あるいは右のような視点を本書が獲得しえている理由。それは著者の眼が一貫して「単身者」のそれだからだろうと思う。両親を亡くし、「みなし子」ならぬ「みなし中年」になった話が本文にもあるけれど、本書の中の関川夏央は一貫して「ひとり」である。誰とも群れず、どこにも所属していない。時代の観察者・記録者でありつづけるために、これは存外大切なことかもしれない。

「みなし中年」という発想が出てくること自体が彼の特異な立場を物語っているが、中年期ともなれば、好むと好まざるとにかかわらず、多くの人は個人である以上に何かの役割を背負っている。父（母）であったり、夫（妻）であったり、上司であったり。で、これはみなさんご経験のことと思うが、与えられた役割を逃れて時代を見るのは非常な困難を伴う。というか、加齢とは家族や組織の中での役割を増やしていくのとイコールだったりもするわけで、呑気に時代を見てなんか、普通はいられないのである。

その点、単身者は自由である。単身者の生活は、四十代になっても二十代のころとあまり変わらない。いつまでも時間を忘れてそこらを徘徊し、いつまでも青臭く世の中に毒づく。そういえば、冒頭にあげた「里ごころ症候群」の人たちも、単身者が多かったな。そんな彼らでさえも、ふと孤独を紛らわせたくなるのがこの年齢だということか。「独居老人の孤独な死」なんて新聞の見出しに書かれかねない未来がふと垣間見えるせいなのか。

昭和まではあって、平成にはないもの。それはおそらく「青年」である。いまの時代、若者はいても青年はいない。「青年」という概念自体が近代の産物で、民権運動の喧噪が去った後、明治二十年代に生まれた新しい若者像であったと読んだ覚えがある。

青年は非政治的で内省的。孤独を愛し、文学を好み、憂いを含み（またそれらのフリをし）、世の中を呪っている。『昭和時代回想』の中にいるのは、紛れもない青年である。

読者がこの本にある種の懐かしさとすがしさ、そしてエッチ本を読むのにも似たある種の気恥ずかしさを感じるとすれば、青年に共通した言語や文化が「昭和」の時代には、まだ残っていたということだろう。その伝でゆくと、昭和の終焉とともに近代も終わり、青年もまた姿を消したのである。

分衆化が進んだ今日、世代としての共通体験を持つことはだんだんむずかしくなっている。青年期がない以上、中年という意識を持つのもむずかしくなるだろう。昭和二十四年生まれの関川夏央は現役バリバリの「青年」を体験した最後の世代、昭和三十一年生まれの私は「青年」という不可思議な存在を知っている最後の世代になるのかもしれないが、そこにあまりこだわると、それこそ「団菊野郎」になる。青年は消えても文化は残る。十年後、晴れて四十代半ばに達した新中年の共通言語は「ウルトラマン」だったり「仮面ライダー」だったりするのだろうか。

（さいとう　みなこ／文芸評論家）

巻末エッセイ

「昭和戦後」の「団菊《だんぎく》じじい」

関川夏央

『昭和時代回想』とは実は「昭和戦後時代回想」である。昭和戦前は回想していない。

一九四九年（昭和二十四）晩秋生まれの私は、いわゆる団塊の世代のしっぽで、昭和が終った八九年一月には三十九歳、昭和戦後とともに長じ、中年となっていた。虎の縞は洗っても落ちないという。私に押された昭和戦後の刻印も、いささか残念ではあるが体にしみこんでいる。

昭和が終っても「戦後」はいっこうに終らない。それが当時から不思議といえば不思議であった。八九年には中国で「6・4天安門事件」が起こり、東西ベルリンを分ける壁が崩壊した。九一年にはソ連邦が崩壊して冷戦が終った。それでも日本では「戦後」だった。二〇〇一年の米国同時多発テロ、一一年の三陸沖を震源とする巨大地震と大津波に遭遇しても戦後は生き延びた。ほかに妥当な呼称がなかったため、というより、日本人が戦後に慣れ過ぎたのだと思う。

はるか昔の一九四五年一月、フィリピン中部ミンドロ島で、ひどい負け戦の末にマラリアの高熱に苦しみ、友軍にも見捨てられた三十五歳の「老兵」大岡昇平は自殺を決意した。だが日本軍の手榴弾の低質さが命を救った。そのまま意識を失った彼は敵に発見され、収容所に運ばれた。

米軍の収容所では、一日二千七百キロカロリーという旧軍の二倍の「給与」を得て体力を回復したどころか、太った。文字どおり九死に一生を得た俘虜たちだったが、やがて収容所暮らしに退屈し、演芸大会に情熱を燃やした。もとめられて大岡昇平が手書き雑誌に小説を書くと、それは収容所内でたいへんな人気を博した。彼は戦後に先んじて「流行作家」となった。

四五年八月十日の夜であった。レイテ島タクロバンの収容所の空が突然明るくなった。無数の探照灯の光の束が立ち、港の船はいっせいに汽笛を鳴らした。赤と青の曳光弾が飛び違った。日本軍の空襲かと思ったが、そんなわけはない。やがて、日本政府のポツダム宣言受諾の意向が中立国スウェーデン政府に通知された結果だとわかった。大岡昇平ら俘虜にとっての終戦は八月十五日ではなかった。八月十日夜であった。

自然に涙をあふれさせた大岡昇平は、こんな感慨を抱いた。
「では祖国は敗《ま》けてしまったのだ。偉大であった明治の先人達の仕事を、三代目が台無しにしてしまったのである」「あの狂人共がもういない日本ではすべてが合理的に、望めば民主的に行われるだろうが、我々は何事につけ、小さく小さくなるであろう」（大岡昇平『俘虜記』）
戦後はその予言どおりに進行した。四五年末、米軍から労働報酬を受け取った大岡昇平は帰国した。彼を祖国に運んだ老朽化した船は「信濃丸」、日露戦争で日本近海に達したバルチック艦隊を最初に発見した、かつての栄光の通報船であった。

一九六二年秋、小津安二郎はその最後の作品、『秋刀魚の味』を公開した。笠智衆が演じた主人公は五十七歳、海軍兵学校出身で終戦時には四十歳の駆逐艦艦長であった。いまは大企業の地味な監査役をつとめている彼は、十七年ぶりに当時の下士官（加東大介）と偶然出会い、彼のなじみのバーに誘われた。

カウンターの止まり木で、加東が笠にいった。

「敗けたからこそね、今の若い奴等、向うの真似しやがって、レコードかけてケツ振って踊ってますけどね、これが勝っててごらんなさい、勝ってて。目玉の青い奴が丸髷《まるまげ》か何か結《ゆ》っちゃって三味線ひいてますよ。ザマァ見ろってんだ」

笠元海軍少佐がいう。

「けど、敗けてよかったじゃないか」

「そうですかね――ウーム、そうかも知れねえな、バカが威張らなくなっただけでもねえ」

そこへ、バーのマダム（岸田今日子）が銭湯から洗い髪で帰ってくる。営業中だが、ヒマな日だからお風呂に行ったのである。マダムは加東の相客が元艦長と知って、「あれ（レコード）かけましょうか、あれ」といった。

それは「軍艦マーチ」であった。音楽が始まると加東は、「オイ、ソラ、来たぞっ！」といって、口三味線で合わせ、その場足踏みをしながら敬礼をした。うながされた笠も、恥ずかしげに敬礼で応じた。岸田も敬礼してみせるが、海軍式は肘を張らない、と加東に注意される。

戦争については、戦死者の写真と若い未亡人しかえがいたことのなかった小津が、十七年目にしてはじめて登場人物に短く語らせた戦争観、戦後観であった。

司馬遼太郎が日露戦争をえがいた長編小説『坂の上の雲』に着手したのは一九六八年春、

完成したのが七二年夏である。マルクス主義の歴史発展理論にあわせて歴史を解釈するのが普通であったこの当時、日露戦争は「侵略戦争」であり、悪であった。ゆえに、その物語を新聞連載するにあたっては非難の嵐にさらされるか、左翼テロに見舞われる可能性さえ考えられた。だが作家は意に介さなかった。

実際、そのようなテロは起こらなかった。のみならず左翼学生らは司馬遼太郎の『新選組血風録』や『燃えよ剣』といった「反革命集団」をえがいた作品を好んだ。それらは血なまぐさいものの、たしかに青春群像をえがいたリアルな時代小説と認識されたのである。

その司馬遼太郎は六九年頃から、マスコミにもとめられて社会的発言をすることが増えた。それは彼がほとんどはじめて語った「戦中派」の、あるいは元促成・戦車小隊長の戦後観であった。

「私は戦後日本が好きである」と衒《てら》いなく司馬遼太郎は書いている。

「ひょっとすると、これを守らねばならぬというなら死んでも（というとイデオロギーめくが）いいと思っているほどに好きである。（……）明治国家の重さが消滅し、昭和軍閥のデモーニッシュなイデオロギーも去り、可憐な日本人たちは数百年来の深海生活から浅海に浮きあがってきた小魚のむれのように一時は水圧の変化に適応できずとまどいはしたが（あるいは、なおもとまどっているともいえるが）とにかく有史以来、日本人がやっと自由になり、しかも近年にいたって日本人が有史以来、はじめて食える社会を持った（この食えて自由であるという事実を直視しなければならない。この事実に虚構のフィルターをかぶせることだけはやめてもらわねばならない）」（司馬遼太郎「歴史を動かすもの」一九七〇年）

また当時、反体制を自認する学生青年は、しきりに国家権力の強力さと横暴を非難していたが、はたしてそうか、と司馬遼太郎は疑った。国家とは重いものだという「イデオロギー」に呪縛された彼らは、逆に現実の戦後国家の「軽さ」にむしろ不安を感じたのではないか。

「東京大学の構内で数多くの小団体が入りみだれてなぐりあっている。国家がそれをながめている。日本史上、これほど軽い国家をもったのはいまがはじめてだし、傍観している国家の物うげな、とまどったような表情は、歴史にのこりうるほどのすばらしさである」「国家があまりに軽いので学生たちはやるせないのかもしれない。やるせなさのあまりあばれているのか、それともべつな重い国家がほしくてそれを暗闇からひきだしてくるために駄々をこねているのか、このあたりはきわめて心理的な要素がつよく、学生指導家のいうことを読んでみても明快にはわからない」（「軽い国家」六九年）

「三派（反日本共産党系の三大セクト）全学連が大学の窓ガラスを一枚割ってみた。誰も叱りにこない。こんどは百枚割ってみた。やはり誰もこない。教授たちもこれをだまって見ているだけです。そしていかにも教授たちの生命を脅かしそうな様子をみせたときだけ、大学は機動隊を呼ぶ。国家というものがそこまでゆるやかなのです。機動隊がくると、三派諸君ははじめてうれしそうに国家権力が介入してきた、などと叫ぶわけです。国家権力というものは、十九世紀までは、いや第二次大戦のころまではそんなチャチなものではなかった。もっと重苦しく威圧に満ち、じつにまあイヤなものだった」(「日本史から見た国家」六九年)

私はこれらの発言をずっと後年になって読んだのだが、虚を衝かれる思いがした。

一九六〇年代から七〇年代にかけて「政治の季節」と呼ばれたその頃、「国家とその権力」は重いものと信じられ、それに抵抗するためにはすさまじいまでの勇気が必要なのだと考えられていた。しかし「戦中派」から見れば、それは「流行」にすぎなかったのである。悲壮感も英雄的行動もおなじであった。その結果、いまでは信じられないことだが、北朝鮮への集団「亡命」、党派同士の殺し合い、外国の空港での無差別銃撃などが起きた。思えば痛ましいことであった。

私には「食えなかった昭和戦後」の記憶はない。「貧しかった昭和戦後」の記憶はあるが、当時、貧しさは日本社会を平等におおっていたので、とくに卑屈にはならず、また嫉妬心を湧かすこともなかった。

怒濤のような経済成長期に入ると、まず家庭電化ブームが起こり、今日より明日は必ずよくなると信じる空気が社会に満ちた。その空気がともなったのは「一国平和主義」のセンスであった。

そんな時期の記憶すべきシーンは、六四年の東京オリンピックにあった。日本の「世界復帰」を実現したその大会で、私たちは世界の広さと強さを目のあたりにした。同時に、日本独特の「精神主義」では勝てない、要は体格と才能だと思い知った。

より感動的だったのはその閉会式であった。各国選手団が整然と行進した開会式とは対照的に、閉会式では各国入り乱れての行進、というより秩序ある混乱によって、世界はひとつという幻想の具現化を私たちは確かに見た。また開会式には英領北ローデシアとして行進した選手の地域が閉会式の日に独立、ザンビアの新しい旗を打ち振る姿は、日本人に、民族主義を無条件に肯定的にとらえさせた絵柄であった。

しかし、ずいぶんのちに知った事情は少し違っていたようだ。実際、閉会式にも国別アルファベット順の行進が予定されていたのだが、式開始を待つ間に近接したイスラエルとイラクの選手団の間で小競り合いが起こった。その伝播と拡大を怖れた係員が、整列と順番を一気に解いて、選手たちを競技場トラックへ送り出した結果であった。

昭和戦後には、復興があり、成長があり、それにともなう多忙さがあった。しかし、ひとつの時代をつくった精神は三十年以上つづかないという。本来なら昭和戦後は一九七五年に終るべきだった。少なくとも呼び名を変えるべきだった。そうしないうちにバブル経済の狂奔と虚栄、そしてそれにつづいた虚脱に私たちは身をひたしたのである。

この本の集英社版文庫、その巻末に「解説」を書いてくれたのは私より七歳下の斎藤美奈子さんであった。ていねいに解説・批評してくれた彼女は、私を「ひねくれ者」といい、こうつづけた。

〈ひねくれ者にしては、いや、ひねくれ者だからこそだろうが、「団菊じじい」的ふるまいが慎重かつ巧妙に回避されている〉

「団菊じじい」とは遠く明治の名優、九代目市川団十郎、五代目尾上菊五郎をこの目で見ていると自慢する人、要するに繰り言をいいながら「昔はよかった」といいたいじいさん連を指す言葉だ。いまならNHK「プロジェクトX」の再放送に涙する「昭和じじい」であろうか。

できるだけ、嘆きとも自慢とも受けとられぬよう配慮したつもりだが、慧眼な斎藤さんには見破られ、かつ同情された。

この中公文庫版をつくるにあたって旧版を再読、東京オリンピック閉会式に感動した瞬間や、「軽い国家」を「重い国家」と信じて緊張していた日々を、やむを得ず多少の感傷をまじえた記述に、懐かしさと恥ずかしさをともに覚えた。そうして、かつて「青年」であった私は、いまや膝の痛みと頻尿に悩む「じじい」になりかわったのだとあらためて実感したのである。

（二〇二四年十二月）

本書は、『昭和時代回想』（一九九九年十二月、日本放送出版協会刊／二〇〇二年十二月、集英社文庫）を改題し、新たに巻末エッセイを付したものです。

中公文庫

昭《しょう》和《わ》時《じ》代《だい》回《かい》想《そう》
――私《し》説《せつ》昭《しょう》和《わ》史《し》３

2025年１月25日　初版発行

著　者　関《せき》川《かわ》　夏《なつ》央《お》

発行者　安部　順一

発行所　中央公論新社
〒100-8152　東京都千代田区大手町1-7-1
電話　販売　03-5299-1730　編集　03-5299-1890
URL https://www.chuko.co.jp/

ＤＴＰ　嵐下英治
印　刷　三晃印刷
製　本　小泉製本

Printed in Japan　ISBN978-4-12-207604-4 C1195

定価はカバーに表示してあります。落丁本・乱丁本はお手数ですが小社販売部宛お送り下さい。送料小社負担にてお取り替えいたします。

中公文庫既刊より

各書目の下段の数字はＩＳＢＮコードです。978－4－12が省略してあります。

せ-9-1
寝台急行「昭和」行
関川夏央
寝台列車やローカル線、路面電車に揺られ、懐かしい場所、過ぎ去ったあの頃へ。昭和の残照に思いを馳せ、含羞を帯びつつ鉄道趣味を語る、大人の時間旅行。
206207-8

せ-9-2
汽車旅放浪記
関川夏央
『坊っちゃん』『雪国』『点と線』……。近代文学の舞台となった路線に乗り、名シーンを追体験する。鉄道と文学の魅惑の関係をさぐる、時間旅行エッセイ。
206305-1

せ-9-3
鉄道文学傑作選
関川夏央編
漱石、啄木、芥川……。明治から戦後まで、十七人の作家、小説・随筆・詩歌・日記と多彩な作品から、文学に表れた「鉄道風景」を読み解く。文庫オリジナル。
207467-5

せ-9-4
砂のように眠る　私説昭和史1
関川夏央
戦後社会を、著者自身の経験に拠った等身大の主人公視点の小説と、時代を映したベストセラーをめぐる評論で、交互に照らし出す。新たに自著解説を付す。
207582-5

せ-9-5
家族の昭和　私説昭和史2
関川夏央
戦前・戦後からバブル前夜まで。『父の詫び状』『君たちはどう生きるか』『金曜日の妻たちへ』などに登場する「家族」の変化を通し、昭和の姿を浮き彫りにする。
207591-7

あ-17-2
やちまた（上）
足立巻一《けんいち》
宣長の長男で、日本語の動詞活用を研究、『詞《ことば》の八衢《やちまた》』を著し国語学史上に不滅の業績を残した本居春庭《もとおりはるにわ》。その生涯を辿る傑作評伝。芸術選奨文部大臣賞受賞作。
206097-5

あ-17-3
やちまた（下）
足立巻一
四十年の半生をかけた、本居春庭とその著作の探究。時の移ろいのなかで、春庭の生涯と著者の魂が融け合う、類い希な評伝文学。〈巻末エッセイ〉呉　智英
206098-2

各書目の下段の数字はISBNコードです。978-4-12が省略してあります。

み-9-10
荒野より　新装版
三島由紀夫

不気味な青年の訪れを綴った短編「荒野より」、東京五輪観戦記「オリンピック」など、〈楯の会〉結成前の心境を綴った作品集。〈解説〉猪瀬直樹

206265-8

み-9-11
小説読本
三島由紀夫

作家を志す人々のために「小説とは何か」を解き明かし、自ら実践する小説作法を披瀝する、三島由紀夫による小説指南の書。〈解説〉平野啓一郎

206302-0

み-9-12
古典文学読本
三島由紀夫

「日本文学小史」をはじめ、独自の美意識によって古今集や能、葉隠まで古典の魅力を綴った秀抜なエッセイを初集成。文庫オリジナル。〈解説〉富岡幸一郎

206323-5

み-9-13
戦後日記
三島由紀夫

「小説家の休暇」「裸体と衣裳」ほか、昭和二十三年から四十二年の間日記形式で発表されたエッセイを年代順に収録。三島による戦後史のドキュメント。

206726-4

み-9-14
太陽と鉄・私の遍歴時代
三島由紀夫

三島文学の本質を明かす自伝的作品二編に、自死直前のロングインタビュー「三島由紀夫最後の言葉」（聞き手・古林尚）を併録した決定版。〈解説〉佐伯彰一

206823-0

み-9-15
文章読本　新装版
三島由紀夫

あらゆる様式の文章・技巧の面白さ美しさを、該博な知識と豊富な実例と実作の経験から詳細に解明した万人必読の書。人名・作品名索引付。〈解説〉野口武彦

206860-5

み-9-16
谷崎潤一郎・川端康成
三島由紀夫

世界的な二大文豪を三島由紀夫はどう読んだのか。両者をめぐる批評・随筆を初集成した谷崎・川端文学への最良の入門書。文庫オリジナル。〈解説〉梶尾文武

206885-8

み-9-17
三島由紀夫 石原慎太郎 全対話
三島由紀夫
石原慎太郎

一九五六年の「新人の季節」から六九年の「守るべきものの価値」まで初収録三編を含む全九編。七〇年の士道をめぐる論争、石原のインタビューを併録する。

206912-1